JN317910

密より強引

きたざわ尋子

幻冬舎ルチル文庫

CONTENTS ✦目次✦

秘密より強引

✦カバーデザイン＝久保宏夏（omochi design）
✦ブックデザイン＝まるか工房

イラスト・神田　猫✦

秘密より強引

平穏でありきたりの毎日が、静かに過ぎていく。

波乱の人生も刺激的な毎日も、京野奎斗《きょうのけいと》にとっては無縁でありたいものだ。ほんの小さな秘密を抱《かか》えこみ、それが発覚することを恐れている身にしてみれば、なにもない日々が続くことはなにより幸せなことだった。

『そっちはどう？　大学、もう慣れた？』

「うん。すごく楽しいよ」

『そうか、よかったね』

電話口で声を弾ませると、遠い外国の空の下から、一番の理解者は自分のことのように嬉しそうな様子になった。

子供の頃から彼はずっとそうだ。兄のように甘やかしてくれるし、理解もしてくれる。実際には血のつながりなど微塵《みじん》もなく、母親同士が親友というだけの関係なのだが、大切な幼なじみであることは間違いなかった。ほとんど会うことのない従兄弟《いとこ》などより、よほど近しい人だった。

いまでこそ物理的な距離はできてしまったが、こうして月に何度かは電話で話しているし、メールはもっと頻繁《ひんぱん》だ。だから少しだけ寂しくても不満はなかった。

近況報告をしながら、奎斗はキャンパスの景色を見るとはなしに見つめていた。

大学生になって一ヵ月強。環境の変化に最初はひどく疲れたが、ようやく少し慣れてきたといってもいい。ただし大きな連休があったので、明けて間もない現在、なんとなく通常モードに戻れないでいた。

『サークルとかクラブには入ったの？』

「うん。友達に誘われてミステリ研ってとこに入ったよ」

『ミステリー研究会？　奎斗、小説書くの？』

意外そうな声に、笑いながら違う違うと返した。

「推理小説のミステリーじゃなくて、不思議って意味のほうのミステリーなんだ。うちってミステリ研が二つあってさ、どっちも大学公認なんだけど、推理小説のほうはミステリ研Iで、俺が入ったほうはIIなの」

前者はプロの作家も輩出している、歴史のあるクラブだ。後者はまだ設立して五年ほどで、活動内容の広さから色物と思われがちだが、こちらも実績はある。

『どんなことするの？』

「いろいろなんだよ。民間伝承……ええと、わらべ歌とかおとぎ話とか、土着信仰とか。そういう研究してるらしいよ。変なのもあるけど」

『変なの？』

「うん。グーパーってあるじゃん？　チーム分けするときとかにやるあれ。グーチーの場合もあるらしいけど。あれのかけ声の種類とか分布とか作ってたりするの」

実はこれがかなり大規模な活動なのだ。全国にいくつも同じ趣旨の活動をしている団体があって、情報交換をしつつ何年にもわたって調査が進められているらしい。

電話の向こうから、くすくすと笑い声が聞こえてきた。

佐條理央《さじょうりお》という名の彼は、現在アメリカへ留学中だ。歳《とし》は奎斗より六つ上。向こうの大学で院生をやっている。

『おもしろそうだねぇ』

「うん。まだ一回しか行ってないんだけどね。先輩とかもいい人っぽいし、わりと真面目《まじめ》な人たちみたいだよ。入部テストみたいのがあってさ、それでかなり振り落とされちゃうみたいだし」

『入部テスト？　なにそれ。聞いたことないんだけど……』

普通はそうだろう。奎斗だって、まさか大学のクラブにそんなものがあるとは思ってもいなかった。

テストといっても、簡単なレポートを書くだけなのだが、特にお題は与えられない。すでにそこから試されているわけだ。奎斗は少し考え、通っていた中学校の七不思議について書いた。

そして奎斗はあっさり合格した。同時にテストを受けた女子学生は、三人ばかり落ちていた。浮ついた気分で来ていたので、そこでふるい落とされたのだ。

「テストやらないと、収拾つかなくなっちゃうんだって」

『どうして』

「OBっていうか、五年前に部を立ち上げた人が実質まだトップでさ、すごく女子人気が高いんだよ。その先輩目当ての入部者を蹴るためなんだって。でね、俺は例の七不思議のこと書いたんだ。そしたらウケた」

『ああ……』

理央とはまったく違う中学だったのだが、ずいぶんと前に奎斗が話してあったので、それだけであっさりと納得してもらえた。話した当時、彼にも結構おもしろいと言ってもらえた話だったのだ。

「今日もこれからミステリ研に行くんだ」

『そうか。ところで友達はどんな子？』

「んーとね、明るくて親しみやすいやつ。話しやすくてさ、だからってチャラい感じでもないし。可愛い顔してるし」

『ふーん。いい子なんだ？』

「うん」

まだ知りあって日は浅いが、自信を持って言えた。緊張することもなくつきあえる相手は、何年ぶりだろうか。

中学の終わりごろから大学に入るまで、奎斗は常に気を張っていた。周囲に対して心を閉ざし、警戒していたと言ってもいい。だからまともな友達づきあいができなかったのは、けっして相手の問題ではないのだが、屈託《くったく》なく話しかけてくれる新しい友人の存在が眩《まぶ》しいのは確かだった。

新しい環境に身を置き、新しい人間関係をどう構築していこうかと考えていた奎斗に、たまたま隣に座っていたからという理由で声をかけてくれた。それがきっかけなのだから、やはり相手に感謝すべきなのだろうと思っている。

「今日、泊まりに行くんだ」

『え……？　その友達の家？　一人暮らし？』

「違うよ。その友達も、実家から出たいって言ってるけど」

『まさか、二人でシェアしようとか……』

「あー、それはない。友達の家って、大学から三十分もかからないんだって。だから理由がないって、溜《た》め息《いき》ついてたもん」

『そうか』

どこか安心した様子が伝わってくる。

相変わらずだなと思った。昔から彼は奎斗に甘くて心配性で、基本的に奎斗の意思に任せてはくれるが、そのためのフォローを徹底させる人だった。この歳になっても、まだ健在のようだ。

『それはそうと、さっきの話に出たＯＢの人には会ったことあるの？』

「あ、うん。一回だけあるよ。すっげーイケメンだった。あー……イケメンっていうか、美形っていうか」

『へぇ、僕とどっちが格好いい？』

「自分で言うし」

笑いながら返すものの、頭のなかではすでに比較が始まっていた。

タイプは違う。だがいまどきの「イケメン」なんていう言葉が安っぽくて似合わないほど、二人が美形であることは間違いなかった。おそらく身長も同じくらいだ。あとはもう個々の好みの問題だろう。

「うーん……人それぞれ？」

『なるほど。ずいぶんいい男みたいだね』

「だから自分で言うな」

『僕は自分を正しく認識してるだけだよ。二十四年生きてきて、まわりからいろいろ言われてて、自覚しないほうがどうかしてるだろ？』

「まぁ、そうだけど」

『世の中には、十八年生きて自覚できない子もいるけどね』

具体的な数字に奎斗は口を尖《とが》らせる。この場面でこう言われたからには、奎斗のことだと思わざるを得ない。しかしながら無自覚と言われたことには反論があった。

「俺だって正しく認識してるよ」

『どこが。百人中、十五番目くらいの顔……だっけ？　それのどこが正しいの』

「正しいじゃん」

不細工《ぶさいく》だとは思っていない。そこそこ整ってはいるだろう。なにしろ母親は美人と評判で、父親も男前だと言われている。そして奎斗は、そのどちらにも似ているのだ。

だが両親が美しいからといって、子供が同じレベルに達するとは限らない。似てはいても、結果として地味に仕上がることだってあるのだ。

『確かに一番でも二番でもないだろうけどね。そこまで押し出し強くないし』

「知ってるよ」

『だからって、十五番目はないからね。目立つタイプじゃないけど、充分きれいなんだから。ちゃんと自覚しなさい』

「はいはい」

何度目かもわからないやりとりを、今日も奎斗は聞き流した。大切な幼なじみは、どうも奎斗を過大評価していけない。昔から甘かった彼は、奎斗のことを目に入れても痛くないほど可愛いと思っているから、冷静な判断ができないのだ。

電話の向こうに聞こえないように小さく息をつき、故意に声を弾ませることにした。

「とにかく、すごく楽しいから。心配しないでよ。チキンなりに、結構ちゃんとやってるからさ」

『確かに奎斗はチキンだけどね』

「ひどっ」

『けど印象としては、ひよこちゃんかな』

「なんかチキンよりさらに下のレベルになった気がする……」

奎斗は自他共に認める小心者だ。常にそうではないが、悪いほうへ悪いほうへと考える癖もある。普段はさほどでもないが、ある事柄に触れるようなことがあると、途端にビクビクして頭が真っ白になるのだ。

『可愛くていいよ。ときどき、チワワみたいにプルプルしてるしね。でもやっぱり犬っていうより、齧歯類《げっしるい》だな。ドワーフハムスターとか』

どのみち奎斗は小動物ということらしい。平均的な身長にやや欠ける程度だが、理央から見れば確かに小さいだろう。

「もういいよ、その話。とにかく、大丈夫だから」

『楽しいのはわかったよ。でも心配は常にするからね。なにかあったら、もらさずに報告すること。いいね？』

「ふあい」

気の抜けた返事をしても、咎《とが》める声はなかった。ただ宣言したように、相変わらず気遣《きづか》わしげに言うだけだ。

『それと、家を出るってほうは、あんまり深刻に考えないこと。先走ったことはするんじゃないよ』

「……うん」

『本当に迷惑だったら、おじさんだってなにか対処するはずなんだからね』

諭《さと》すように言い聞かされ、奎斗は曖昧《あいまい》に返事をした。ここで逆らったら、話はいつまでも終わらないだろう。

ちらりと時計を見ると、そろそろ午後四時だった。時差を考え、向こうは夜も深い時間だと思いだす。

「あ、ごめん。もうこんな時間だ。寝るとこだよね？」

『まだ寝ないけど……』

「また電話するから。じゃ、頑張って」

逃げるようにして電話を切り、ふうと大きく息をつく。携帯電話を見つめながらパチンパチンと開けたり閉じたりを繰り返し、やがて顔を上げてぼんやりと周囲を見まわした。

キャンパスの片隅にある花壇はレンガで作られていて、腰をかけるにはちょうどいい。ただし服が汚れるのを嫌がる者たちは座らないようだ。花壇にはチューリップやらパンジーといった花が、色とりどりに植えられている。色彩はあまり考えられていないようで、可愛いがまとまりはなかった。

そんな花壇からは行きかう学生たちの姿が多く見られたが、近くに人はいない。だから遠慮なく電話をしていられたのだ。

「奎斗ーっ」

よく通る声が聞こえた。待ち人来たりだ。

約束の時間よりも早いのだから、そんなに走らなくてもいいのに、友人はまるで遅刻したように駆けてくる。

自然と笑顔になって奎斗は立ちあがった。

奥太智《おくたいち》という青年は、入学してすぐに知りあった友人だ。人なつこいのに踏みこみすぎるというわけでもなく、さりげない気遣いができる人間だ。だから短期間ですんなりと馴染《なじ》めたのだろう。

「ごめん、待たせた」

太智は申し訳なさそうに眉《まゆ》を下げた。くるくるとよく動く表情は、見ているだけで笑みを誘った。

「時間前だよ」

「奎斗はいつからいたの」

何センチか高い位置から見つめられるが、せいぜい三センチといったところだろうし、愛嬌《あいきょう》のある顔立ちだから威圧されている感じがしない。身がまえずにつきあえるのは、彼のそんなところにもあるのかもしれなかった。

「十分……もう少し前かな。でも電話してたから全然待ってなかったよ」

「そっか。あ、メシ楽しみにしててな。かーちゃん、張り切ってたからさ」

「うん。いいよね、通学時間三十分以内って」

「あー、奎斗ってどんくらいだっけ？」

「一時間半……を、ちょい切るくらいかな」

「微妙なとこだな」

通学がきついと言うには時間が足りないが、往復三時間が毎日というのはなかなかにきつい。まだ慣れていないせいかもしれないが、特に朝がつらかった。奎斗が利用している路線は、区間によってとても混むのだ。毎日もみくちゃにされ、大学へ来るだけで疲れてしまうことも多い。

「地味にじわじわ来てるかなぁ」

「奎斗んち、一人暮らし反対されてんの？」

「うーん……反対っていうか……」

一言で説明するのはとても難しかった。反対はされていないのだが、ぽつりと冗談めかして呟《つぶや》いたときに悲しそうな顔をされてしまい、以来口に出せなくなっているのだ。

キャンパスを出て駅まで歩きながら、奎斗はなるべく軽い口調で言った。

「実は、父親が再婚することになってさ。それはいいんだけど、相手の人がまだ二十一歳なんだよね」

「うえっ？　ちょ……奎斗の親父さんいくつ？」

「四十五」

「ひー……二十四歳違い……」

「うん。干支《えと》一緒だもん。さすがに打ち明けられたときは絶句した」

知らされたのは一ヵ月ほど前だ。再婚すると言われたときは、特に驚きもなく「へぇ」だとか「おめでとう」だとか言ったはずだが、相手の歳を聞いた瞬間に奎斗は唖然《あぜん》としてしまった。自分と三つ違いとなれば、女性というよりも女の子という感じだ。キャンパスにも再婚相手と同じ歳の女性は大勢いるのだ。

しかも相手は可愛らしかった。美人というよりは、少し童顔で愛くるしいタイプだった。奎斗の彼女と言ったほうがしっくりくるくらいに。

「自分の父親にロリコン疑惑持っちゃったよ」

「ああ……」

太智はなんとも言えない複雑そうな表情を浮かべた。同じ歳の青年としての同情や他人としての興味、それから労《いたわ》り。ほかにもいろいろな感情が入りまじっているようだ。笑っているようでもあり困っているようでもある。逆の立場だとしたら、きっと奎斗も同じような顔をしただろう。

「あ、話が逸《そ》れちゃったな。それでね、さすがに同居はどうかなぁと思うわけ。いくら義理の母親っていってもさ、三つ違いじゃん」

「ああ……十八の息子と二十一の継母《ままはは》だもんなぁ。世間的に、あれだよな」

「うん。そう思って一人暮らしも考えたんだけど、継母に悲しそうな顔されちゃって」

「そうなの？」

「自分のせいで……って思ったみたい。そうなるともう、言えなくてさ。俺、そうじゃなくてもすごいチキンだし」

彼女は自分が奎斗を追いだす形になるのがいやなのだろう。一緒に暮らしたいと言い、父親も異論はない様子だ。だが奎斗としては、出ていくのが自然のような気がしている。

「チキンだっけ？」

「すごいビビリだよ？　殴る蹴るとか、見るのもやだし……それだけじゃなくて、人と意見とかぶつかるのもダメなんだ」

映画やドラマ、小説に至るまで、奎斗はあらゆる暴力描写を避けて通っている。意見とか考えがぶつかるほうは、生きていれば仕方ないことも多々あるが、そのときは早めに奎斗から折れるようにしていた。

「血とかだめ？」

「それは平気だけど……って、そんなことはどうでもいいし」

「あ、うん。話戻そうな……えーと、だから超若い継母だよな。うん、かなり気兼ねだと思うよ。世間体ってだけじゃなくてさ」

「うん、そうなんだよ。でも俺が無理やり家を出たら、向こうも気にしそうで……それに、家賃とか自分じゃ出せないし」

いっそ父親が奎斗を家から出すことに積極的であればいいのに、若妻に甘いせいか、妻が望むなら……という姿勢なのだ。父親個人の見解としては、奎斗が出ようが出まいが気にしないようだった。

「それってさ、大義名分と家賃問題がクリアできればいいってこと？」

「あー……うん、そうかな」

「だったら任せて！」

いきなり目を輝かせた太智は、すぐさま携帯電話を取りだし、どこかへかけた。奎斗の返事は必要としないらしい。

道の真ん中ではじゃまになるかと、奎斗は太智を促《うなが》して路肩へと避《よ》けた。

「もしもし、俺です俺。いや、そうじゃなくて太智……ああ、はい。それでいまから奎斗連れて行っても……そうです、こないだ紹介した。ちょっと相談したいことがあってー……あ、いや、好都合です。じゃ十分後くらいに。失礼しまーす」

電話を終えると、太智はにんまりと笑った。

「ってわけで、行こう」

「ど、どこに？」

手をつかむと同時に歩きだす太智に引っ張られ、奎斗は疑問を抱きながらついていく。

電話の内容を思いだし、面識がある人物であることと、目上の人であることは理解した。

奎斗にはクラブ以外で先輩はいないので、ミステリ研IIの先輩しか考えられなかった。

「先輩のところ？」

「うん。こないだ紹介した、賀津《かづ》先輩んち」

「ああ……」

脳裏に浮かんだ美貌《びぼう》に、奎斗は小さく頷《うなず》いた。さっき理央に電話で話していた美形の先輩というのは賀津のことだった。

「でもなんで賀津先輩のところに？　俺が行っていいの？」

「ちゃんと許可取ってたろ。俺にちょっと考えがあってさ」

答える太智の足取りは軽い。いまにもスキップをしそうな軽快さだ。

駅前にまで来ても、太智は足を止めることなく、そのまま進んでまた駅前の喧噪《けんそう》から離れた。駅から大学までがだいたい徒歩五分で、同じくらいの時間を歩いて住宅街へと足を踏みいれる。

とても初めて来たような感じではなかった。

「前にも来たことあるんだ？」

「まーね」

ふと違和感を覚えた。二人が一緒にいるところは一度しか見ていないが、そのときは挨拶《あいさつ》くらいでしか言葉を交わしていなかったはずだ。年齢も離れている。とても自宅へ遊びに行くような関係には見えなかった。

「……実は仲よし？」

「あー……っていうか、実は従兄弟なんだよな」

「え？」

「みんなには内緒な。いろいろ面倒くさそうだから、内緒にしときたいんだ。似てねーし、苗字も違うから、言わなきゃわかんないだろ？」

「う、うん」

まじまじと見ても確かに共通点は見つからない。顔立ちはまず系統が違うし、まとう雰囲気も違う。太智は人好きのする顔立ちでイケメンと言われても違和感はなく、嫌味がなく隙《すき》だらけだが、よく言えば親しみやすいということになる。そして実際に人なつっこかった。一方の賀津もけっして取っつきにくいタイプではないが、気軽につきあえるような雰囲気ではなかった。優しいし、穏やかそうな人なのに、まるで高貴な身分の人のように近寄りがたい印象なのだ。実際、同じ年頃の友人とも馬鹿騒ぎをする人ではないという。そして奎斗が知るなかで、一位二位を争う美形だ。イケメンなんていう言葉が安っぽくて申し訳ないレベルといえば、いままで奎斗は理央しか知らなかった。

「そうかぁ……従兄弟なんだ。あれ、でも敬語……」

「あ、それは前から。確か俺が中学入った頃からかな。なんか、タメ口きいちゃいけないような気がしちゃってさぁ」

「わかる気がする。偉そうにしてないのに、すっごく偉い感じがするよね」

「それそれ！　やっぱ奎斗もそう思ったか。そうなの、まるでお貴族様と召使い的な感じってゆーか」

「従兄弟なのにね」

「うん……従兄弟なのにな」

太智は溜め息をついたが、そこに悲壮感はなかった。諦《あきら》めているのか気にしていないのか、いずれにしても彼は納得ずみのようだ。

「お、もう着くな。あそこ」

指さす方向に目をやると、一棟のマンションが目に入った。十階建ての中規模のマンションで、古くさくはないが新しいものでもないらしい。濃いベージュのタイル張りの外壁は、とりあえず汚れていなかった。

太智はエントランス前でボタンを押し、入り口のロックを賀津に解除してもらった。機械を通して聞こえてきた賀津の声は、耳に心地いいトーンだった。

部屋は七階で、ドアの数を見る限りほかには二戸しか住居がないようだ。ドアの前でインターホンを押すと、ややあって内側からドアが開いた。

「こんにちは」

太智の声に続いて奎斗も同じように挨拶した。賀津は怖い人ではないが、やはり緊張してしまう。

(うう……なんかすごいオーラが……)

賀津滉佑《こうすけ》という先輩は、社会文化研究を専攻している院生だ。行動文化学科というところに在籍していた大学三年のときに、史実を絡《から》めた都市伝説をテーマとした著書を出し、それがノンフィクションものとしてはそこそこ売れた。その結果、大学側に引き留められる形で院に進んだのだという。シリーズとしてすでに三冊出ており、奎斗はそのすべてを読了していた。

研究者、あるいは学者という立場のはずだが、見た目はそれを大きく裏切っている。見あげなくてはならないほど背は高く、身体《からだ》つきも細すぎるということはないし、そこそこ日に焼けてもいる。とてもインドアという感じではなかった。実際、外へ出て取材や検証をしていることも多いらしいので、当然と言えば当然なのだが。

整いすぎの感がある顔立ちに、フレームレスの眼鏡がよく似合う。切れ長の目は理知的な光をたたえており、高い鼻梁《びりょう》も引き締まった口もとも、すべてが形よく絶妙に配置されているようだった。

モデルでもやったほうがいいんじゃないかと、以前思ったことを、もう一度奎斗は心のなかで繰り返した。

「いらっしゃい。どうぞ」

「おじゃまします」

通されたリビングは、思っていたよりも広かった。ダイニングルームと一続きで、その先には対面式のキッチンがある。玄関からここまでの廊下にはドアがいくつもあったし、どう考えてもファミリータイプの部屋だ。

「そこ、座ってて」

L字型の立派なソファは五人くらいは座れそうなもので、低いガラステーブルには曇り一つない。

恐縮しながら奎斗は座った。

「コーヒーでいい？」

「あの、おかまいなく」

「俺、手伝うよ」

「あ、俺も……」

慌《あわ》てて奎斗が立ちあがろうとすると、賀津はふっと目を細めた。まなざしは以前と同様に優しいものだった。

「君は座っててていいから。太智、よろしく」

「……はい」

なぜか一人でお茶の準備をすることになった太智は、それでも文句一つ言わずにキッチンに向かった。慣れているとしか思えない反応だ。

賀津と残されてしまった奎斗は、緊張に身を硬くした。初対面でこそないものの、親しいわけでもない相手だ。前回会ったときに、そこそこ気に入られたという自覚はあるが、相手は大先輩なのだ。

「今日はどうしたんだ？」

「え……いや、それが俺にもよく……」

救いを求めるようにしてキッチンへ視線をやるが、太智はコーヒーをいれることに夢中で気づかない。仕方なく、先ほどの状況を思いだしながら、はっきりしていることだけ賀津に言うことにした。

「ええと……一人暮らしをしたいって話をしてたら、急に太智が先輩に電話をかけたんです。それで、まっすぐここへ」

「理由は聞いた？」

「いえ。来る途中は、その……従兄弟同士っていう話で終わっちゃって」

時間はたっぷりあったような気がするのだが、した話といえば本当にそれだけだった。太智も説明することを忘れてしまったようだ。

「太智からの説明を待つか。まぁ、なんとなく予想はつくけどな」

「はぁ……？」

「奎斗くんの一人暮らしを後押ししようって話じゃないかな。したいんだろ？」

「したいというか、家を出たいというか」

大事なのはそこだ。実家を出ることが重要なのであり、移住先の希望はない。もし大学に寮があるならばそれでもよかったのだ。しかし残念なことに、寮は運動部に所属する一部の学生にしか与えられていない。スポーツ推薦で入った者たちだ。

「家を出たい……ね。理由を聞いても？」

「あ……はい」

「無理しなくてもいいよ。言いたくないなら、言わなくていい」

奎斗がためらうそぶりを見せると、すかさず賀津は引いた。ほどよい距離の取り方に、自然と笑みがこぼれた。

少し恥ずかしいが、隠したいことでもない。先ほど太智にしたのと同じ説明を、今度はたんたんと事実だけ並べてすることにした。

話しているあいだ、賀津は黙って頷いていた。再婚相手の年齢を告げたときも驚かず、ただ相づちだけを打っていた。

三つ違いの継母に気を使わせたくないというところまで話したとき、コーヒーカップを載せたトレイを手に太智が戻ってきた。

まるでカフェの店員のように、意外なほど丁寧にカップを置くと、太智はじっと賀津を見つめた。

「そういうわけなんで、奎斗も下宿させてくれないですか？」

「は？」

ぽかんと口を開ける奎斗に対し、賀津はここでも表情を変えなかった。再婚相手の話をしていたときとは違い、今度は当事者として答えを求められているのに、まったく動じる様子はなかった。

「いいよ」

「ええっ！」

思わず奎斗は叫んでしまう。あまりにも賀津はあっさりとしていた。

会うのは今日で二度目だ。最初のときは、ほかにも部員たちが大勢いたので、じっくり話すこともなかった。奎斗が出した入部試験のレポートがおもしろいと言い、ほかの新入部員よりは長く話したが、それもせいぜい五分ほどだった。

こんなに簡単に了承するなんて予想外もいいところだ。奎斗は心の準備すらできていない。太智の目論見《もくろみ》を知ったのすら、たったいまだったのだ。

「な、なに言ってるんですか……っ」

「ここに住むって話だろ？　別にかまわないぞ」

「そんな簡単に……」

「不都合はないからな。どうせこいつが転がりこんでくることになってたし、二人暮らしが三人暮らしになっても、たいして変わらないだろ。部屋は余ってるしね」

「えっ……」

こいつ、と言われた太智を見ると、彼は大きく頷いた。

「実は決まったばっかでさ。今日、言おうと思ってたんだ。んで、あわよくば奎斗もー、なんて」

へらりと笑う太智を、奎斗はまじまじと見つめた。奎斗自身も知らないところで、三人暮らしの計画が練られていたらしい。

もう一つ新しい情報があった。いま現在、賀津のほかに住んでいる人間はいないらしいということだ。

「……あの、ここって先輩一人だけなんですか?」

「ああ。父親が放棄したマンションでね。思いつきで、あちこちに不動産を買って、一年もすると飽きて次に行くんだよ。ここは俺が使いたいから、残させたけどね」

「はぁ……」

想像もつかない話だが、とりあえず賀津の父親が次々と不動産を買えるだけの資産家だということはわかった。

さらに話を聞くと、このマンションの権利は、生前贈与の一部としてすでに賀津にあるという。彼の父親は一度住んだところへは二度と戻らないというので、急に訪れるということもないようだ。

だからといって、簡単に「お願いします」と言えるものでもない。なにしろ賀津に会うのはこれで二度目なのだから。

「奎斗くんは、家事できる?」

「え……? あ、はい。それなりに」

家事歴は三年ほどだ。奎斗が中学を卒業すると、それを待っていた両親は離婚した。以来、家のことは奎斗がやっていた。父親も少しは協力してくれたが、当時は仕事が忙しかったので、自《おの》ずとほとんどの作業を奎斗が受け持つことになった。

掃除はそんなに好きではないが、料理と洗濯は好きだ。特に料理は趣味になったと言っても過言ではなく、食材を買いに行くのも大好きだった。

そんな意味あいのことを口にすると、賀津は満足そうに頷いた。

「いいね、理想的だ」

「はい……？」

「家事をやってくれるなら、家賃はいらない。使ってない部屋は二つあるし、太智と話しあって好きなほうにすればいい。ま、太智は玄関入ってすぐの部屋でいいと思うけど」

「え、決定？」

「決定」

平然と言いきる賀津に、太智は溜め息をついた。なにか理不尽なことがあったらしいが、やはり文句は出なかった。

「あの……それはちゃんと話しあいます。けど、本当にいいんですか？　条件よすぎないですか？」

「いいから言ってる。どうかな、悪くない話だと思うけど」

「だからよすぎますって。なんか、かえって躊躇《ちゅうちょ》します……」

正直な気持ちを告げると、賀津はくすりと笑った。

「それは、話が上手《うま》すぎて警戒してるってことか」

「そ、そういうわけじゃ……」

ちらっと思っていたことを指摘され、思わず目が泳いだ。だが賀津は気を悪くしたふうもなく言う。

「だったら、条件を追加だ。取材や現地調査を手伝うこと。何時間も外を連れまわすことになるけど、大丈夫か？」

「あ……はい。それは大丈夫です。全然問題ないです。俺、こう見えても結構丈夫だし、先輩の研究に興味もあるし」

いまはもう体育の授業以外で運動をすることはなくなってしまったが、かつては身体を動かすことが好きで、空手の道場にも通っていたのだ。中学三年の春を前に受験を理由にやめてしまい、以来一度も行っていないし、型を取ってみたこともない。きっともう身体は思うように動かないだろうが、不摂生もしていないので健康状態は良好だし、特別体力がないわけでもない。

出された条件は、どれも奎斗にとって問題のないものばかりだった。

「あの、家族と相談してから、お返事させてもらってもいいですか」

「もちろん」

「ありがとうございます」

「携帯の番号、いいかな」

求められるままに携帯電話を取りだし、赤外線通信で情報を交換しあった。直接会って返事をするとしても、訪問する際には事前に連絡が必要だ。まさかいちいち太智に頼むわけにもいかない。もちろん太智は、喜んで引き受けてくれるだろうが。

「部屋、一応見ていけば」

「いえ、どんな部屋でも大丈夫ですから」

このマンションの一室なのだから、変な部屋であるはずがない。多少日当たりが悪いとか狭いとかがあっても、一人部屋を与えてもらえるだけで充分だ。

「せっかく言ってくれてんだから、見ようぜ」

言いながら立ちあがる太智に押され、奎斗は結局部屋を見学することになった。

賀津によって奎斗の部屋と定められたところは日当たりのいい六畳の洋室で、バルコニーがついていた。大容量の収納は、なかにハンガーパイプとチェストが造りつけてあり、頑丈そうな棚もある。奎斗はそんなに多くの服を持っているわけではないから、かなりの余裕ができそうだった。

棚の強度を確かめ、本を入れても大丈夫そうだと頷く。これならば持ちこむ家具は机と椅子とベッドくらいですみそうだ。

もう一つの部屋は八畳の洋室だが、こちらは収納が小さかった。窓も小さく、バルコニーはついていない。日当たりも六畳間よりは悪そうだ。

「……やっぱり、じゃんけんで決めようよ」

「いいんだって！」

太智に申し訳なくて部屋決めをやり直そうと提案すると、とんでもないとかぶりを振られた。よほど賀津が怖いのか、彼の決定を覆《くつがえ》す気はまったくないらしい。

申し訳ないと思いつつ、ここは引き下がることにした。

すでに心は決まっている。あとはいかに上手に親を納得させられるかだ。

近さと快適さを前面に押しだしてみよう。そして往復三時間の通学時間は負担なのだと訴えよう。

早くも説得の言葉を頭のなかで組み立て、奎斗は口のなかでぶつぶつと呟いた。さっき理央から「先走るな」と言われたことなど、すっかり頭から抜け落ちていた。

両親を納得させて、賀津に返事をして、引っ越しとも言えないような荷物の移動を終わらせたのは、居候《いそうろう》の話が出てからわずか四日後のことだった。

同居――というか居候の話を持ちかけられたのが週のなかば。奎斗はその日のうちに親に話し、多少は難色を示されたものの、翌日の夜には「まぁいいんじゃないか」という答えをもらった。どうやら父親は一日かけて賀津のことやミステリ研IIの活動について調べたらしく、真っ当な人物であると判断したようだ。

思っていたよりも父親が過保護だということを奎斗は知った。

週末になると、土曜日の午後を使って荷造りをし、日曜日に賀津のマンションへ移った。荷物は手で持ってくるほど少なくはなかったが、引っ越し業者を頼むほどでもなかった。宅配便でこと足りる範囲だったので、そうしようとしていたら、賀津が車を出してくれると言い、さんざん遠慮したが押しきられて頼むことになった。ついでに賀津は両親にも会い、さらなる信頼を勝ち得た。

片づけは二時間もしないうちに終わった。衣類と細々《こまごま》とした私物、教材などを収めるくらいだったからだ。

「それにしても……」

ぐるりと室内を見まわし、奎斗は溜め息をついた。

室内にはセミダブルのベッドとシンプルな机、そして椅子のみが置いてある。どれもが真新しいものだ。

家具は知りあいから譲ってもらえるからと言われ、真に受けて今日という日を迎えたのだが、一目見てそれは嘘だろうと確信した。どう見てもすべてが新しいものだったし、太智とまったく同じものだったからだ。シーツやベッドカバーは色違いで、太智がブルー、奎斗がグリーンだ。エアコンもしっかり設置ずみだが、確かそれも先日はなかったはずだ。

「もっともらしいこと言っちゃってたけど、絶対嘘だよなぁ」

知人の店の過剰在庫なのだと言いきられてしまったら、面と向かって嘘でしょうとは言えなかった。太智に至っては、前に話を聞いたことがあるなどと言いだし、賀津の援護にまわってしまう有様だった。

ここまでしてもらったからには、キリキリと働かなくてはなるまい。案外そのあたりを見越しての先行投資なのかもしれないと思う。

椅子の座りごこちを確かめながらうーんと唸《うな》っていると、ノックの音が聞こえた。指の節を曲げて叩くような軽い音は賀津だろう。太智は拳《こぶし》を作ってガンガンと叩きつけるからすぐわかる。

「どうぞ」

「片づけは終わった……みたいだな」

顔を覗《のぞ》かせた賀津は、室内の様子と奎斗を見て、ふっと表情を和《やわ》らげた。

「少なかったんで」

「確かに」

旅行用のボストンバッグ一つと少し大きめの衣装ケース、そして、段ボールが五つ。奎斗の荷物のすべてだった。冬物はまだ持ってこなくてもいいし、なにか必要なものが出てくれば送ってもらえばいいと思い、必要最小限にした。おかげでかなり余裕で車に荷物が積めた。賀津の車は大きめの4WDなのだ。調査や取材であちこちへ足を運ぶために、足まわりのいい車にしたのだそうだ。

「住み心地はよさそうか？」

「まだわかりませんけど……たぶん、いいんじゃないかと思います。俺、マンションって初めてなんですよ。オートロックとかエレベーターとか、ちょっと憧《あこが》れてたんです」

「そうか」

ましてや立地といい造りといい、かなり高そうな物件なのだ。きれいだし広いし、デザインも凝《こ》っている。こんなことでもなかったら、きっと一生縁のない住まいだっただろう。

「台所も、すごい広いし。システムキッチンだしオーブンも食洗機もあるし」

奎斗は目を輝かせ、いまからキッチンをどう使おうかと思いを馳《は》せる。三年前に引っ越した家は広さこそあるが築年数がたっていて、キッチンも少し古かった。父の再婚を機会にキッチンをリフォームしたものの、奎斗はまだ使ったことがない。仮にも妻という立場の人がいるのに、奎斗がしゃしゃり出るのは気が引けたからだ。これで向こうが料理を苦手としているとか嫌いだとかいうならばともかく、再婚相手の女性は料理好きで、嬉しそうにキッチンに立っていた。だから奎斗はせいぜい料理を運んだり、後片づけをするくらいしかしなかったのだ。

「賀津先輩はなにが好きですか？」

「わりとなんでも食うけど……そうだな、食材で言うとエビかな。味つけだと、酸味のきいたものが結構好きなんだ」

「エビで酸味……？」

「いや、別に組みあわせなくてもいいんだぞ」

くすりと笑い、賀津は奎斗の頭にぽんと手を載せた。なんだか小さな子供にするような行動だが、不思議と不快には思わなかった。だからおとなしく、撫《な》でられるままにじっとしていた。

うっとりと目を細めてしまう。なんだかとても気持ちがいい。昔から頭をいじられると眠くなってしまうのだ。美容院で髪を洗ってもらったり切ったりしているあいだに、何度寝てしまったかわからないほどだ。

いまの賀津の手も、美容師に負けないくらいに気持ちがよかった。

「猫の子みたいだな」

「え……？」

「いまにもゴロゴロ言いそうだ」

猫に喩《たと》えられてしまった。しかも子猫に。

小動物に喩えられるのは初めてじゃないが、相手が賀津だとなんだか戸惑ってしまう。

かつて奎斗を子猫扱いしたのは理央で、そのときは単純に名前からの発想だったはずだ。ケイトという英語圏の名前から、キティに変化し、しばらくそれで呼ばれていたことがあったのだ。まだ奎斗が小学校に上がる前の話だった。最初は特に思うところはなかったのだが、小学生になって間もなく、そう呼ばれているのをひょんなことから近所の子供に聞かれ、某キャラクターのようだと笑われた。その場で奎斗は半泣きで抗議し、キティ呼びをやめてもらったことがあった。

「俺って、猫っぽいですか？」

「ん？　いや……あらためて考えるとそうでもないな。どっちかっていうと、子鹿か。うん、バンビだな」

「こ……子鹿……バンビ……」

それはどうなんだろうかと心のなかで思う。どちらにしても「子」がつくのか。理央も先日、ひよこだのハムスターだのと言ってくれた。

(子鹿のほうが大きいし、マシなのかな……)

奎斗がかなりずれたことを考えながら眉根を寄せていると、賀津はくすりと笑った。

「ようするに可愛いって話だ」

「はい？」

「今日からよろしく」

話が繋《つな》がっていない気がしても、それに突っこむほどの理由があるわけでもなく、奎斗は小さく頷いた。

そして立ちあがり、ぺこりと頭を下げる。

「こちらこそ、よろしくお願いします。お役に立てるように頑張ります」

「そんなに気負わなくていい。でも、期待はしてる。とりあえず今日は作らなくていいからね。初日なんだし、食べに行くか頼むかしよう」

「は……はい」

にわかに緊張する奎斗を宥《なだ》めるように、賀津はそっと抱きしめて背中を優しく叩いてから部屋を出ていった。

ぼんやりとその背中を見送った。

（なんか……スキンシップの激しい人だな）

昼前に迎えに来たときも、挨拶のついでのように頭を撫でていたし、移動途中で昼食を取ったときも、口の端にデミグラスソースがついていると言って、指摘すると同時に指で拭《ぬぐ》った。あまつさえ、それを舐《な》めた。あのときは隣の席の客が息を呑《の》んでいた。

だが少しだけ嬉しくもあったりするので、奎斗としては一向にかまわない。理央が留学してから、やはり寂しい気持ちはあったのだ。甘やかしてくれる年上の同性に、大好きな幼なじみの代わりを求めているのかもしれなかった。

夕食まで時間ができてしまったが、さしあたってすることはない。太智も今日から来ることになっているが、到着はもう少しあとになるようだ。

太智は荷物が多く、規模の小さな引っ越し便を頼んだらしい。ＣＤやＤＶＤなどのソフトや電化製品、本なども相当量持ってくるつもりだという。

「そうだ、電話しよう」

壁掛け時計で時間を確かめ、奎斗は携帯電話を手にした。

ここ数日は慌ただしくて、理央に連絡するひまもなかった。もともと二週間に一度くらいしか電話はしないが、メールのやりとりはよくしており、本当ならば居候が決まった時点でしなければと思っていたのに、ずるずると今日まできてしまった。

「呆《あき》れられるよなぁ……やっぱり」

早まるなと言われたことを思いだし、浅い溜め息をつく。メールですませてしまおうかとも思ったが、絶対に折り返しの電話があるだろうから、いっそ自分からかけたほうがいいと覚悟を決める。

向こうは夜も深い時間だろうが、まだ眠りについてはいないはずだ。理央の就寝時間が結構遅いのはわかっている。

ボタンを押し、コールを待つこと二回。すぐに回線は遠い海の向こうと繋がった。

「もしもし……いま大丈夫？」

『大丈夫だけど、どうしたの？』

いつもならまだ電話をする時期ではない。どちらからかけるかは決まっておらず、なんとなく交互にかけている。週のなかばにかけたのも奎斗からだったから、理央が心配そうな声を出すのも当然だった。

「あのさ、事後報告になっちゃうんだけど……」

『まさか一人暮らしっ？』

最後の言葉に被《かぶ》せるように叫ばれて、奎斗はたじろいだ。報告と言っただけでわかるとは思っていなかった。

「あ……ああ、うん。っていうか、一人ではないんだけど……」

『同居？　誰と？　例の友達？』

「うん、友達もいる」

奎斗は今日に至るまでの経緯を説明した。ついでに事後報告になってしまった理由についても告げておく。

返ってきたのは深い溜め息だった。

『さすがにこの短期間でどうにかなるとは思ってなかったよ……』

「……俺も」

思わず同意し、大きく頷いた。奎斗自身ですら、ちょっとありえないと思ってしまう。

『引っ越しちゃったものは仕方ないけど……どうなの？　その先輩って』

「え？　どうって、優しくていい人だよ」

『そんなことはどうでもいいの。いや、よくはないけど僕がいま知りたいのは別のこと。その先輩とやら、奎斗にはどうなの？』

理央の勢いが激しくて、奎斗は引き気味だ。ある程度の覚悟はしていたが、予想を上まわるテンションだった。

「えーと……その質問、微妙にぼんやり……」

『態度。接し方。あと視線とか』

「ええ？　視線って……」

それこそ意味がわからなくて困惑してしまう。

賀津の態度と言えば、優しいに尽きる。親切だし、頼れる感じだ。だが視線は答えようがなかった。

「視線はよくわかんないけど、先輩はわりとスキンシップが好きみたい」

『スキンシップ……！』

「すぐ頭撫でてくるんだよね。子供扱いなのかも」

『ふーん』

「あと、子鹿みたいって言われた」

『なるほど』

さっきまでの不審そうな言い方から一転し、理央はあっさりと同意した。

「なに納得してんの」

『いい線だなと思って。僕にとっては、いまでもキティだけどね』

「寒いよ、それ。大学生になった男にキティって、むしろ痛いんだけど。っていうか、こないだハムスターとかひよことか言ってたくせに」

『それはそれ。だって奎斗って可愛いし。それより、先輩ってやつのスキンシップってのはほかの人にも？』

「うん」

目の前で、賀津が太智の頭を小突《こづ》いているのを見たことがあるし、ヘッドロックをかけて耳もとでなにか言っているのを見たことがある。そのときの太智は少しばかり苦しそうだったが、仲がいいよね、などと言いつつ、クラブの人たちも奎斗も微笑《ほほえ》ましい気分で見守っていたものだった。

『そうか……まぁ、なら少しは安心かな。いい？　充分に気をつけるんだよ。って言っても無駄だと思うけど』

「ひどい」

呆れながらも愛情のこもった言いぐさに、故意に拗《す》ねた口調で返した。

理央はいつだって奎斗の味方だ。奎斗が無茶なことをしたときだって、仕方ないと溜め息をつきながらもつきあってくれたし、いろいろとサポートしてくれた。彼は実の親よりも奎斗のことを知っている。

「なにかあったら連絡するから、あんまり心配しないで」

『絶対ね。毎日でもいいからメールして。一行でもいいから』

「はは。毎日は無理かもしれないけど、メールはするね。それじゃまた」

いつものようにあまり長話はせずに切る。そしてほっと息をついた。

覚悟していたよりもすんなりと納得してもらえた。てっきり説教の一つでも食らうものと思っていた。

憂慮《ゆうりょ》が一つ減ったところで、立ちあがって伸びをする。

「よし、頑張ろ」

明日からは、この家のことをしっかりやっていかなければ。

まずはキッチンをチェックし、調理道具と調味料、食材を見る。足りないものがあれば、賀津に話して揃《そろ》えさせてもらおう。そういえば食器類はちゃんと三人分あるのだろうか。洗濯洗剤や柔軟剤も、好みの香りを聞いて買ってこよう。

やることはきっとたくさんある。

予定外のことになったが、大学生活はまずまず順調で平和だ。このときはそう信じて疑わなかった。

新しい生活は快適だった。なんといっても大学まで十分というところがいい。歩いての時間なので、急げばもっと短縮できる。

いままで通学に使っていた三時間は、家事に充《あ》ててもまだ余った。だからそのうち一時間は、睡眠時間として消費することにした。ようするにいままでよりも一時間遅く起きても大丈夫なのだ。

太智も手伝ってくれるし、賀津と同じく好き嫌いを言わない。そして美味《おい》しいと言って食べてくれる。

アルバイトをする時間はないが、実家からもらえる生活費を工夫すれば多少は自分のものになった。毎日の交通費にかかる分を上乗せしてくれたので、それなりにもらえることになっているのだ。ただし振り込みではなく、自分でもらいに帰らねばならない。これは親からの要望だ。最低でも月に一度は顔を見せろということだろう。

そしてストレスは激減した。つきあいの浅い人たちとの同居だから、それなりに気は使うが、うら若い継母との同居よりはずっと気楽だった。継母が実母ほどの年齢だったならば、もう少しマシだったのだろうが。

「今日は野菜をたっぷり入れた鰯《いわし》のつみれ汁と豚の生姜《しょうが》焼き、炒《い》り豆腐にほうれん草のごま和《あ》え」

あとは冷蔵庫にある浅漬けを添えればそこそこ見映えのする食卓になるだろう。一人暮らしの長い賀津が家庭的な和食を求めているので、毎日の献立も自然とそういったものが中心になっている。太智はファミリーレストラン的なメニューが好きらしいが、そちらはランチで取るので文句は出なかった。もとより太智が食事に文句など言うはずもないが。

「おー、生姜焼き好きー」

「ちょっと甘み入れる？　どっちが好き？」

「どっちも好きー」

「じゃあ、今日は甘くないのにしようか」

　そのほうが賀津の好みにあいそうだし、きっと太智も同じように思ったのだろう。

　その賀津は現在、自室に籠《こ》もってなにかを書いている。論文なのか、雑誌に載せる記事なのかは知らないが、期日が迫っているのか今日は大学へも行かずにパソコンに向かっているようだ。

「夕方には終わらせるって言ってたから、たぶんちょっとハイになって出てくるよ」

「賀津先輩がハイ……」

　想像ができないというのが正直なところだった。彼は常に落ち着いていて、テンションは低くないがけっして高くもない。酒を飲んでもそれは変わらなかった。まるで水を飲んでいるように、いくら飲んでも変わらないのだと、ミステリ研の誰かが言っていた。

「わかりづらいけど、終わったあとはハイなんだよ」

「どう違うの」

「うーんとね、いつもよりは厳しくなくなる」

「……厳しいっけ」

「うん、俺にはね。奎斗にはもともと優しいから、どうなるかわかんねぇけど」

太智は母親にまとわりつく子供のようにキッチンから離れようとしない。カウンター越しに、じっと手もとを眺めたままだ。

最初は多少なりとも緊張したが、すっかり慣れてしまった。

「奎斗のメシってうまいよな」

「やった、褒められた」

「料理上手だし、掃除も洗濯も完璧だし、美人だし。いいお嫁さんになれそう」

「あははは。誰かもらってくれるかなぁ」

冗談には冗談を返しつつ、野菜を切る手は休めない。この手の発言には慣れているので、対応も余裕でできる。子供の頃から、特に理央がよく口にしていたのだ。

「賀津先輩が喜んでもらってくれんじゃね？」

「まさか。っていうかさ、聞こう聞こうと思ってたんだけど、なんで太智って賀津先輩のこと名前で呼ばないの？　敬語はこないだ聞いたけど、従兄弟だったら普通は名前呼びでいいんじゃない？　淣佑さん……とかさ」

「実は高校まで、こーちゃんって呼んでたんだよ」

太智は声をひそめ、ちらりと賀津の部屋があるほうを見た。表情はすっかり苦いものになっている。

「同じ大学に入ったから？」

「うん。しかもミステリ研も入っちゃったじゃん？　いや、別に入りたくて入ったわけじゃなくて、ほとんど強制だったんだけどさ。『入るだろ？』って真顔で言われたら、いやですって言えねーじゃん」

「太智に来て欲しかったんだよ。可愛い従兄弟だもんね」

「……そういうんじゃないと思う……」

太智は大きな溜め息をついた。だからといって、彼がいやがっている様子はないし、賀津を煙たがっている感じもない。ただし畏怖《いふ》はあるようだ。物心がついたときには、すでに互いのなかでポジションが決まっていたらしい。太智曰《いわ》く「子供の頃から無茶ぶりをされ続けてきた」そうだが、そういうものだと思っているので、理不尽だと思うことはあっても、嫌いになったり腹が立ったりはしないのだという。

「きっとさ、前世で俺って賀津先輩の下僕だったんだよ。あっちは王様とか偉い人で、俺は召使いなんだよ」

「腹心の部下かもしれないよ」

「そんないいもんじゃないって絶対」

「うーん、だったら俺は料理人で、太智の友達？」

「なに言ってんだよ。奎斗はお姫様だよ」

「はい？」

思わず手が止まってしまった。包丁を持ったまま、まじまじと太智を見つめてしまう。

さすがにこれは予想外だ。嫁うんぬんの冗談が出るのはまだしも、姫なんていう単語が出てくるとは思わなかった。

「……お姫様は料理しなくない？」

「その前に性別突っこもうよ」

「ああ、うん……でも嫁ネタのあとだから、そこはスルーかなと思って。どっちかっていうと、高貴な人かそうじゃないかの問題だよね？」

「だからシンデレラ的な意味でお姫様だよ。奎斗は見初《みそ》められちゃうタイプじゃん。うっかりガラスの靴残して探されちゃうタイプじゃん」

「なんだそれ」

野菜切りを再開し、数種類の野菜をすべて切り終わると、鍋でそれらを順番に煮始める。出汁《だし》はしっかり取ったし、つみれはさっき作っておいたものが冷蔵庫で眠っている。

「手慣れてるよなぁ」

「家事歴三年ちょっとだけどね」

「お母さんの代わりに、ずっと家のことやってたんだろ。偉いよな。俺なんか、高校三年間部活漬けだったもん」

「なにやってたの？」

「バスケ。全然強くない学校だったけどね。真剣なバスケ部じゃなくて、楽しく遊ぼうぜー的なクラブだったの。あ、活動自体は真剣だったよ。ただ大会とかで勝とうっていう気があんまりないっつーか」

「そういうのもいいよね。大学でいうとサークルっぽい感じ？」

「そうそう。いや、うちの高校って、ちょっとアレだったから、ちゃんとスポーツやりたくても、大会とかそういうのって難しかったんだけどね」

「なんで？」

「んー、不祥事がね。しょっちゅうあって」

太智の口は途端に重くなった。母校に対して悪い感情はなさそうだが、人に話すとなるとまた違うものらしい。

「荒れてたの？　でも太智って頭いいよね？」

奎斗たちが通っている大学はそれなりに偏差値が高い。学部によってばらつきはあるものの、総じてレベルは高いのだ。

「俺は単純に近いから行ったんだけど、事情のあるやつも多い学校でさ。奎斗は東京だから知らないよな」

言われて奎斗ははっとした。そうだ、太智の実家は横浜市にある。正確な場所は聞いていないが、横浜で不祥事の多い高校といえば、自ずとある学校名が浮かんできた。

まさかここでその高校の話が出てくるとは思わなかった。できれば思いだしたくない名前だった。話題にしたくはないし、かつての居住地を語りたくはなかったが、黙っておいてあとで発覚したら、どうして隠していたのかと不審がられてしまうかもしれない。

だから仕方なく奎斗は言った。

「俺、中三までは横浜だったんだよ」

「マジでっ？」

「うん。離婚してすぐ引っ越したんだ。うちの父親、前の家に住み続けるのがいやだったんじゃないかな。俺は高校決まっちゃってたから、新しい家から通うことになったんだけど」

「どこ、どこ？　俺はねー、中沢区《なかざわく》の谷浜《たにはな》だったんだ！」

太智はテンションを上げて、身を乗りだしてきた。

「あ……俺は青埜台《あおのだい》……」

「中学も？」

「うん」

「そっか」

「あの……さ、さっき言ってた高校って、ひょっとして総栄《そうえい》？」

探るような口調になってしまったのは無意識だった。地元では有名な学校だったから、むしろ知らないほうがおかしいのだが、どうしてもその名を口にするときは緊張を強《し》いられてしまう。

違っていてくれと願う気持ちは、太智の苦笑いによって肯定された。

「やっぱ知ってるよなぁ……うん、当たり。あ、でも俺はまともな生徒だったよ？　普通の友達がほとんどだったし」

「ほとんど……」

「事情持ちも、ちょっとはいたけど、本人はまともだったよ。関わりたくねぇやつらも、学校にはいっぱいいたけどね」

「ああ……うん」

総栄学院という学校は、地元では「吹きだまり校」なんて揶揄《やゆ》されていた。母体はとある宗派の寺で、寺が持つ広い敷地のなかに学校はある。通学するときは、寺の参道を横切って行く者もいるくらいだ。私立の中高一貫校で、少しばかり交通手段の悪いところにあり、ほかに行き場のない生徒たちを受けいれることで有名だ。

たとえば反社会的組織の関係者の子息だとか、社会的地位のある人が正妻以外の女性に産ませた子供だとか。家柄はいいが本人の素行が悪いとか、家は裕福だが頭の中身が貧困だとか。とにかくほかの学校に通いづらい事情がある子供や、手っとり早く家から遠ざけたいと思われている子供たちが、親の都合で放りこまれることが多いのだ。自宅通学が難しい生徒のために敷地内には寮もあり、そちらは校内以上に混沌《こんとん》としているらしい。そのあたりは噂でしかない。総栄の知りあいは誰もいなかったからだ。

「まぁ、住めば都ってやつだったけどね」

奎斗は気もそぞろに「うん」とも「ふん」ともつかない相づちを打った。そろそろこの話題はやめてしまいたかった。

そのとき、小さくドアが開く音が聞こえた。

「あ、終わったんだな」

時計を見れば五時少し前だ。宣言した通り、夕方には本当に書き終えたようだ。

賀津はいつもとなんら変わりない様子で姿を見せると、キッチンに立つ奎斗を見て、少しすまなそうに言った。

「いま、そっちに入ってもかまわないか？」

「え……あ、はい。もちろんです。なにか……あ、飲みものですか？　ええと、コーヒーいれますね」

料理をするわけではないだろうから、おそらく喉《のど》でも渇《かわ》いたのだろうと、奎斗は手を洗ってケトルをコンロにかける。

「悪いね」

目を瞠《みは》ったあと、賀津の表情は和らいだ。

「うーん、奎斗ってすげぇ。やっぱよく気がつく新妻って感じ……いてっ！」

ガコッと鈍い音がすると同時に太智は悲鳴を上げ、後頭部を押さえた。賀津がなにかしらの攻撃をしたらしい。

これもスキンシップの一環なのだろう。従兄弟であるせいか、赤の他人である奎斗に対してより、少しばかり遠慮がなくて過激なのだ。

根本的な思い違いに奎斗は気づいていなかった。

「うう……暴力反対。今日はもうちょい優しいと思ったのにー」

「くだらないことを言うからだ」

涙目になっている太智はかなり可愛く、同時に哀《あわ》れを誘うが、賀津は少しも心を動かした様子はない。冷めた目で一瞥《いちべつ》し、すぐに奎斗に視線を向けた。

じっと見つめられている本人は、すでにコーヒーをドリップさせることに夢中だった。

賀津がカウンタースツールに腰かけると、太智も倣《なら》ってもう一つに腰を下ろした。いままでは立ってキッチンを覗きこんでいたのだ。

「どうぞ」

間もなくして、二人の前にそれぞれカップが置かれた。賀津の分だけでなかったことに、太智はひそかに感激していた。しかも太智用には砂糖とミルクがすでに入っている。

「うう、優しさが心に染《し》みる……」

そんな従兄弟を見ることもなく、賀津はコーヒーを飲み、満足そうに頷いた。

ハイになっているはずだと太智は言ったが、見る限り賀津はいつもと変わらない。表情も態度もまったく普段通りに見えた。

二人が目の前にいる状態で、奎斗は料理を続けた。最初は身がまえもしたが、そのうち気にならなくなった。

できた料理は太智が食卓に運び、セッティングしてくれた。途中でつまみ食いをしていたのはご愛嬌だ。

三人で食事をすることにもすっかり慣れた。

「あ……そういえば、賀津先輩」

食事も終盤に差しかかった頃、ふと思いだしたように太智は顔を上げた。

「なんだ」

「奎斗って、青埜台に住んでたんだって」

「青埜台？」

途端に賀津の目が光ったように見えた。気のせいかもしれないが、奎斗にはそんなふうにしか思えなかった。

いやな予感がした。

賀津の目がまっすぐに奎斗を捉《とら》えた。

「青埜台って、新興住宅地に近いあたりか？」

「は……はい」

「いつ頃まで？」

「三年くらい前、です。中学卒業あたりに引っ越したんで……」

目が泳ぎそうになるのを必死でこらえた。ここで不自然な行動を取ってしまったら、不審がられてしまう。

「それじゃ、当時あのへんを走りまわってたチームのことは知ってるね？」

「っ……は、はい」

どきんと心臓が跳ねて、うるさいくらいに動悸《どうき》が速まる。平静を装おうとするのに、動揺を抑えることはできなかった。

そんな奎斗を、賀津はじっと見つめた。

「なにか、されたことがあるのか？」

「い、いえ……」

小さくかぶりを振っても、賀津は視線を外さない。当然だ。いかにもなにかあったという反応をしてしまったのだ。

太智も心配そうに見つめている。追及する言葉こそないが、二人とも真剣なまなざしで雄弁に問いかけてきていた。

なにも言わないわけにはいかない。だが奎斗は、家庭の事情のみに絞《しぼ》って本当のことを言うことにした。

「あの……実は、両親の離婚の原因って、あのチームも無関係じゃないっていうか……あーちょっと違うかな。原因はほかにあったけど、悪化させたっていうか」

「どういうことっ？」

目を剝《む》く太智に苦笑してみせ、奎斗は大きく息を吐きだした。

「ちょうど俺、高校受験でちょっとピリピリしてて、両親もなんか……あったみたいで。そういう精神的に余裕のないときに、夜中とか前の道路さんざん走られたりしたから……それで、みんな余計に……」

当時、家庭内は殺伐《さつばつ》としていた。最初のうちこそ「うるさいね」とか「非常識だよね」とか愚痴《ぐち》を言いあっていたのだが、警察に通報しても一向に改善されない状況が続き、次第に皆が疲れていった。寝不足もあったのだろうが、苛立《いらだ》ちは募る一方だった。家族はみな無口になり、余裕をなくして些細《ささい》なことできつい言葉をぶつけるようになった。

奎斗の家だけではなかった。隣の家では子供が生まれたばかりで、夜中の騒音で赤ん坊の夜泣きがひどくなり、若い母親は育児ノイローゼのようになった。二軒先の老人は、眠れないといって体調を崩した。

「町は雰囲気悪くなるし、夜中とか外へ出られる感じじゃなくなったし……」

あの頃のことを考えると、いやな気持ちになる。自然と眉根が寄り、腹立たしさが蘇《よみがえ》ってきた。

暴走族ではないらしいが、粋《いき》がった少年たちのグループは、夜な夜な新興住宅地の道路を走りまわった。まだできたばかりで道がきれいだったことと、車通りが少なかったことが、出没の理由だったと思われるが、住民たちにとっては迷惑でしかなかった。走るだけではなくケンカもしていたので、怖くてとても夜は外を出歩けたものではなかったのだ。

「それで……夏頃には、母親が実家に帰っちゃって……」

「奎斗は？　受験生だったんだろ？」

「俺は学校があったから……週末だけは、親戚のうちに行ってたけど」

本当は親戚ではなく、理央のマンションだったのだが、説明が面倒なのでそう言っておく。関係としては親戚のようなものだからいいだろう。

「すまなかった」

「はい？」

いきなりの謝罪に奎斗は面食らい、言葉を失う。ここで賀津に謝られる理由がまったくわからなかった。

きょとんとして賀津を見つめていると、とんでもない爆弾が落とされた。

「ジェイドの頭は、俺の愚弟だ」

「……は？」

一瞬思考が停止してしまった。

溜め息まじりに言った賀津は、困惑した様子で顔をしかめている。その表情は複雑なもので、けっして冗談ではないのだと物語っていた。

言葉通りの謝罪の気持ちと、呆れと怒り。後ろの二つはもちろん奎斗へではなく、愚弟なる存在に対してだった。

「お……弟？」

ようやく頭が動きだす。ジェイドというのは、迷惑行為を繰り返していた集団の名前だ。正確なことは忘れてしまったが、リーダーの名前をもじったチーム名だったはずだ。

「不本意ながら。やつは父が外で作った子供でね。認知はしているが、賀津姓は名乗らせていない。一緒に住んだこともないしね」

「は、はぁ……」

「馬鹿だ馬鹿だと思ってたが、まったく救いようがない馬鹿だ」

かなり不仲だということは伝わってきたが、だからといって安心はできない。ちらりと太智を見て、そういえばジェイドのリーダーも総栄だったなと思う。

「……太智の従兄弟ってこと？」

「あ、ううん。違うよ。俺は賀津先輩の母方の従兄弟だから」

「そうなんだ……。」あの、その弟さんは、いまは……？」

恐る恐る尋《たず》ねてみた。無関係でいられたらそれに越したことはなかったが、こうなった以上は知っておかないと余計に怖かった。

「一応大学生だ。誰でも入れるような大学だけどな。チームが壊滅的な打撃を食らったあとは、多少おとなしくなってね」

「そ……それは、なによりです……」

あるできごとをきっかけに勢いがなくなったという話は聞いていた。構成メンバーの大半がケガを負ったせいだが、傷が癒《い》えても彼らは以前のようには活動しなくなったという。その手の情報は耳に入ってきていた。

震えそうになる手を、必死で押さえこむ。なんで自分はこんなに腰抜けなのだろうかと、悲しくなった。

「そうだ。ちょっと待ってくれるか」

賀津は言い置いて自室に戻っていった。すでに食事は終わっているから、戻ってくるまでのあいだに片づけをしてしまうことにする。

食器を洗浄機にいれていると、太智も皿を運んできて、小声で言った。

「びっくりしたー。賀津先輩が、村居《むらい》さんのこと自分から言うなんてさー」

「村居……って、弟さん？」

「そーそー。村居陽慧《あきさと》。下の名前がさ、ヒスイって読めるじゃん。そっからジェイドなんだってさ」

正直そのセンスはどうなんだろうと思ったが、名前のことなどは些細な問題だ。それよりも奎斗には、現在進行形で危機が訪れている。

これ以上、ジェイドの話を続けてはいけない。

（あの話になる前に、別の話に持ってかなきゃ……）

だが不自然にならないように別の話に持っていくのは難しい。少なくとも奎斗にとって、たやすいことではなかった。

「太智は、その……村居って人と会ったことあるの？」

「学校でね。会ってたわけじゃなくて、ときどき見かけてたってだけだけど」

チームのほうではなく、村居本人の話にしたのは、まだそちらのほうがマシだと思ったからだった。

「やっぱ怖い人？　賀津先輩に似てる？」

問いかけながら、薄い記憶を手繰《たぐ》りよせた。はっきり覚えているわけではないが、賀津との印象がまるで重ならない。背格好はもしかしたら似ているのかもしれないが、顔立ちはそうでもなかったはずだ。

ひそかに思っていたことを、太智は肯定した。

「あんま似てないかな。あっちも男前だけど、タイプ違うし。んーと、あっちはさ、よく言うとワイルド？　悪く言うと、ガラが悪い……みたいな」

「ああ……まぁ、不良だもんね」

「不良というか……」

「拗ねて反抗的になってたガキ……だな。デカイ図体《ずうたい》で、鬱陶《うっとう》しいことこの上ない。似たような連中と群れて、お山の大将になって悦《えつ》に入ってただけだ」

辛辣《しんらつ》なことを言いながら賀津が戻ってきた。手にはいつも持ち歩いているノートパソコンがあった。

容赦がない。だが奎斗には否定する気もなかった。たとえ当時、地元で一番勢いのあるチームだったとしても、冷めた目でみればまったく賀津の言う通りだった。

ジェイドは暴走族と謳《うた》っていたわけではなく、目立っていた村居のもとに人が集まってできた遊び仲間だったようだが、集まってなにをするかと言えば、暴走行為だったり飲酒だったり喫煙だったり、乱闘だったり器物損壊だったりと、およそ「遊び」などという可愛らしいものではなかった。性的にもかなり乱れていたようだ。

「襲撃されて、多少はおとなしくなったけどな」

「やっぱ、女にやられちゃったのが効いたんですかね」

「お……女……」

奎斗はぎくりと身を硬くした。身体だけではなく、顔だってきっと強《こわ》ばっているだろう。マズイと思うのに、動揺は収まらなかった。

洗いものはすでに片づいてしまった。賀津がカウンター越しに座ったのを見て、奎斗は食後のコーヒーをいれることにした。食事の前にも飲んだばかりだが、また準備を進めた。賀津たちが飲もうが飲むまいが関係ない。作業をするということが大事なのだ。

太智もすることがなくなり、食事前のように賀津の隣に座った。

「奎斗は噂を聞いたことがないか？　キティと呼ばれてる女の噂だ」

「……キティ……」

さっきから鸚鵡《おうむ》返しに呟くことしかできていない。頭は半分固まった状態で、まともに考えられる状態ではなかった。

懐かしい名だ。

四年前の夏。あの暑い夜に、理央の声でそう呼ばれたのが最後だった。

だがキティなんて恥ずかしい名前も、いまは気にしている場合ではなかった。

噂はもちろん奎斗の中学にも入ってきた。その話でもちきりというわけではなかったが、謎の美少女の話題は受験勉強の息抜きのような感じで、夏休み明けの教室でしばらくのあいだ語られていた。

正体不明の二人組――ハーフとおぼしきカップルが、勢いと規模で上位にあったグループを三つ潰《つぶ》したあと、ぱたりと姿を見せなくなった、というものだ。

（ヤバイ、ヤバイ……！）

こうなることを避けたかったのに、奎斗の焦《あせ》りをよそに、話題はいよいよ望まない部分に差しかかってきた。

手のひらにいやな汗を掻《か》いていた。

「当時、かなり噂になったんだが……」

知らないで通すのは難しいだろう。ジェイドを知っているのならば、その勢いを削《そ》いだ事件を知らないのはおかしい。

そう判断できるくらいには、なんとか頭は動きだしていた。

「……学校で、少し……」

「どんな噂になっていたのか聞かせてもらっていいか？」

「え？」

なんでそんなことを聞きたがるのだろうか。いまから四年近く前のできごとだ。奎斗が中学三年だった夏の話を、いまさらどうして。

疑問に思っていることが顔に出ていたせいか、賀津は言った。

「あの頃から、キティは俺の研究対象なんだ」

「研究っ？」

「実に興味深いと思わないか。正体不明の美少女で、現れたのもたったの三度。いまだにどこの誰とも知れない」

「は、はぁ……」

顔が引きつりそうになる。いや、実際にもう引きつっているかもしれないが、賀津は気づかないのか気にしていないのか、なにも言わなかった。

「彼女はなかば都市伝説化してる。語られていくうちに、いろいろなことが形を変えた。俺はそれを調べてるんだ」

賀津が言うには、たった三度の出現のはずが、一年くらいは定期的に現れたことになっているし、二人組でしか現れたことはないのに、噂によってはチームを率いていたことになっているという。それ以外にも、銃を持っていたとか、太腿《ふともも》にタトゥーがあったとかいう、笑っていいのか笑えないのかよくわからない話もあるようだ。

断じて違うと、奎斗には言える。言えるが、言うわけにはいかなかった。

さすがにそんな噂までは知らなかったから、生返事しかできない。噂ってそんなものかと、なかば感心さえしていた。

「……うちの学校では、ハーフっぽい美少女が、やっぱりハーフっぽい男と一緒に、三つのチームを襲ったってことくらいしか……。夏休み明けに、ちょっと話題になったくらいで、すぐ誰も話さなくなったし。高校に行ってからは、誰からも聞かなかったし」

「さすが進学校。うちの高校なんて、一年たっても話題になってたよ」

太智は感心し、うんうんと頷いた。

「おまえのところは当事者がいたわけだからな」

「あ……そっか。そうですよね」

奎斗は納得した。関係者が皆無の進学校と潰された当人がいる荒れ気味の学校では、温度差があって当然だった。

「すごかったよ。みんなその話しかしねーの。襲撃って八月の終わりだったじゃん。だから休みが終わった途端に、みんなすげーの。そのうち、知りあいの知りあいがキティと話したらしいとか、いい加減な話とかも出てきてさ」

「そ……そうなんだ……」

「村居さんは、しばらく学校来なかったしな。超必死になってキティのこと探してたみたいだし」

ぎこちなく頷いてみせたのは、その話も少しは耳に入ってきていたからだ。クラスメイトからではなく、理央の口から聞かされたことだった。

（助けて理央ーっ）

心のなかの絶叫は、当然賀津たちに聞こえるはずもない。むしろ聞かれたらまずい。

とても顔を上げる勇気はなかった。奎斗はコーヒーを二人に出し、シンクやコンロを拭き始める。

「結局見つかんなかったけどさ」

「……本当に、そんな女いたんですか？」

極力そっけなく、興味なんかないのだという姿勢をアピールしつつ、奎斗はなんとか話を収束させようと必死になる。

だがそんな努力はあっけなく打ち砕かれた。

「いる。遠目にだが、俺も見たことがある」

「えっ……」

「これだ」

「っ……」

ノートパソコンのディスプレイを見せられた瞬間、息が止まりそうになった。

映っていたのはかなり粗い写真だ。もともと小さいものを無理に大きく引き伸ばしているせいか、全体的にぼやけている。

人物写真だった。だがわかるのは、金に近い茶色の長い髪と全体のシルエットのみだ。顔はまったくわからなかった。

「小さくしたものが、これだ」

今度はクリアな写真になったが、今度は小さすぎて話にならない。

「女……の子」

わかるのは、そう背の高くない「少女」であるというくらいだ。ストレートのジーンズに、腰が隠れる長さの黒い長袖シャツを身に着けていて、そのシャツは大きく、ぶかぶかだ。袖《そで》を折っているのがわかる。写真がはっきりしないせいで、年齢さえよくわからないが、まとう雰囲気は若い……というよりは、幼さが見えた。

そう、写真の人物は少女だった。そうとしか思えない。自分で見たって、そう思ってしまうくらいだ。

（いまなら恥ずかしくて死ねそう……）

写真をじっと見つめながら、奎斗は必死で目眩《めまい》に耐えた。

これは中学三年のときの自分だ。客観的に見たことはなかったが、状況といい服装といい、間違いはない。だがどう見たっていまの奎斗とは繋がらないだろうし、当時だって誰も気づかなかった。

あの頃、奎斗の身長はいまより十センチ以上低かった。確か百六十に届いていなかったはずで、顔立ちもいまよりずっと少女めいていた。

変装しなきゃだめ、と言ったのは理央で、彼は持てる技術をすべて駆使して「キティ」なるハーフっぽい美少女を作り上げた。自分は髪を金にして、カラーコンタクトレンズを入れた上でマスクもした。

そうしてハーフっぽい二人組、ができあがったのだ。

（なんでいまさら……）

自分の女装姿を、こんな形で見ることになるとは思っていなかった。

これは一体いつの写真だろうか。背景がよくわからず、特定できない。なにかに駆けよろうとしているときだから、引く寸前なのかもしれない。

「ほかにも数枚あるんだが、どれも似たようなものだ。これが一番マシだな。三回目に現れたときに、撮られたものだ」

「もうちょい補正とかできなかったんすか」

「無理だった。とっさに携帯電話で撮ったものらしいからな」

どこの誰だと文句を言いたかったが、もちろん言えるはずもない。

パニック状態が過ぎると、少しは落ち着いてきた。本心としては泣きたかったが、理央はいないのだ。一人でなんとかするしかない。

この場をうまく流すにはどうするべきか考え、まずは情報収集だと結論づけた。

「正体って……まったくわかってないんですか？」

「ああ。顔立ちと髪の色から、ハーフじゃないかと言われてるが、あくまで推測だ。ただ、ツレの男もそれっぽかったのは確かだ。男のほうは金髪で、布でマスクをしていて、目もとしかわからなかったそうだが、目は青かったそうだ。かなりの長身だったらしいし、手足の長さが日本人離れしていたという話だ」

それはそうだろう。正真正銘、理央はハーフだ。もともと栗色の髪に茶色の瞳で、普段もそのままだが、それでもハーフだということは一目でわかる。理央は生まれも育ちも東京で、滅多に横浜には来なかったし、年齢も当時すでに二十歳をすぎていた。襲撃された三つのチームはすべて地元の未成年者——高校就学年齢者で構成されていたチームだったので、襲ったほうも同年代だと勝手に思いこんでいたようだ。

実際は中学生と大学生だったわけだが。

「あ……あの、賀津先輩は、そっちの男の人は見なかったんですか？」

「俺がいた位置からは見えなかったんだ」

その答えに少しほっとした。

「身長は百八十を軽く超していたらしい。頭が小さくて、モデルのようだったと言ってたな。二人とも、なにかしらの格闘技に長《た》けていたらしい。自己流ではなさそうだというのが、大方の感想だ」

「空手……とかですか？」

「いや、いろいろと混ざってる感じらしい。もう少し早く現場に着いてたら、俺もキティが戦ってるところを見られたんだけどね」

見なくていい、と心のなかで言い返す。

話を聞いて奎斗はほっとしつつ、曖昧に返事をした。

中学二年まで、奎斗は母方の親戚がやっている道場で空手を習っていたのだ。高校受験を機にやめてしまい、以後一度も行ってはいない。そして中学三年の夏は、ジェイドを襲撃すると決めた日から一ヵ月ほど、理央にみっちりと実戦向きの動きを教えられ、傍目《はため》にはよくわからないことになっていたのだろう。

王子様みたいな顔をしているくせに、理央は格闘技マニアだった。そして実際とても強いのだ。

奎斗は自分の腕を見て、小さく嘆息した。捲《まく》りあげたシャツの袖から覗く腕は、痩《や》せぎすの頼りない腕だ。

もう四年ほど体育の授業以外で身体を動かしていないから、とっくに筋力は落ちてしまったし、勘も鈍っているだろう。いま同じことをやれと言われても、間違いなく無理だ。そもそも奎斗は昔から気合や勝ち気さが足りず、道場でも「筋はいいのに……」と溜め息をつかれていた。あの夏は、やはりどこか切れていたのだ。だからこそ別人のように攻撃的になることができたのだろう。

（我ながら、なにかが乗り移ってたとしか思えない……）

　おまけに憑《つ》きものが落ちたように我に返ってからは、正体がバレるんじゃないかという不安と、人に暴力を振るってしまったという後悔のせいで、周囲に心配されるほど痩せてしまった。幸いにして、誰もが受験のせいだと思ってくれたが。

「乗りまわしていたバイクからも、なにもわからなかった。車種はわかってるんだが、ナンバーがね」

「そう……ですか」

　ちなみにそのバイクは、理央が知人から借りていたもので、ナンバープレートは現場近くまで行くと隠していた。珍しい車種でもなかったそうだ。

「男のほうが、彼女をキティと呼んでいたのは、何人もが耳にしてるが、手がかりにはならなかったよ。見た目から来た呼び名という説と、英語圏のキャサリンから来た愛称という説が強いらしいな」

「僕の子猫ちゃん、的な意味かもしんないっすよ」

「それは否定する者が多かったな。まぁ、願望なのかもしれないが」

「が、願望？」

　余計な口は挟まないようにしようと思っていたのに、つい言ってしまった。なんとなく聞き捨てならなかった。

「都市伝説になってるって言っただろ？　なかには、キティを偶像化してる連中もいる。実態がわからないのをいいことに、勝手に理想像を作り上げてるわけだ。そういうやつらは、キティが誰かのものであっちゃいけないわけだ」

「え、でも……」

実際のところ、ただの幼なじみだが、傍からはカップルだと思われるように振る舞っていたつもりだ。バイクで移動するときも常にタンデムだったし、バイクから現場へ歩いていくときも、腕を組んだりしていた。理央の提案だった。

「兄妹って説もありましたよね？」

「そうだな」

「はぁ……」

「米軍関係者の家族だったんじゃないか、っていう噂もあった」

「ええっ、米軍？」

「横須賀《よこすか》方面に走り去ったという目撃情報もあったしね。インターナショナルスクールを当たったようだが、該当する少女はいなかったそうだ」

そこまでしたのかと、背筋が寒くなる思いがした。

「わざわざいろんな学校に出向いたのって、村居さんっすか？」

「ああ」

「やっぱり。マジ度が違うな。さすが執念深《しゅうねん》いや」

あはは、なんて太智は笑っているが、奎斗にとっては笑いごとではなかった。

もし見つかったら、きっと報復されてしまう。執念深く探しているくらいだから、一発や二発殴られるだけですむとは思えなかった。いくら奎斗が賀津の後輩でも、兄弟仲は悪そうだから考慮してはくれないだろう。

ぞくっと背筋に震えが走った。

顔色を悪くしている奎斗をよそに、太智は熱弁を奮《ふる》っていた。

「でも、俺だって会ってみたいとは思いますよー。あの頃、見た目の感じだと十七とか八くらいってことだったから……いま、二十歳ちょいすぎくらい？」

「そうだな。当時の年齢で、上は二十三歳くらいまで可能性として考えたが……トップクラスばかり狙《ねら》って挑《いど》んでたくらいだからな、二十歳以上はないんじゃないかと踏んでる。そんな血気盛んなことするのは、若いだろ」

つくづくあのとき、理央の提案を受けいれてよかったと思った。女装を激しく拒絶した奎斗を、理央は必死に説き伏せた。身許を隠すために、派手で目立つ特徴をあえて作りだしたのだ。

理央の狙いは当たった。女装した中学生男子だという噂は、まったくないようだった。

「わかんないですよ。三十近くなっても暴走族やめられないやつがいるって、前にニュースで見たし。二十歳すぎて族潰しとかいうイタイやつらかもしれないっすよ」

「ぞ……族潰し……？」

なんだそれは、と奎斗は目を瞠った。

そんな言葉で言い表されるとは思ってもいなかった、というのが正直なところだ。あれは単純に、迷惑だったから強制的に走れなくしてやっただけだ。フラストレーションが溜まりすぎていて、少しばかり奎斗の精神状態が変だったというのもあるが、とにかく目的はただ一つだった。ジェイドだけで終わらせなかったのは、それだけ襲うと目的が絞られてしまうかもしれないと理央が言ったからだ。だからそこをぼやかすために、ほかのチームも同様にした。ほかのチームは恨みがあるどころか名前すら知らなかったが、保身のためにやってしまった。

「三チームだけやって、それっきり消えちゃうなんて格好いいっすよね」

「は……格好いい……？」

どこが、と思わず視線で突っこんでしまった。

不意をついて暴力を振るってかきまわしただけの、どこが格好いいのだろうか。あとから冷静になって考えれば、奎斗たちのしたことは暴力と破壊以外のなにものでもない。重傷者は出なかったが、それなりのけが人は出てしまった。肉体よりも、むしろ精神的なダメージのほうが大きかったのではないだろうか。なにしろ相手はたった二人、しかもそのうち一人は「女」だったのだから。

軽く滅入《めい》っていると、ふいに賀津の視線が奎斗に向けられた。

「機会があったら、知りあいに聞いてみてくれないか。中学や高校の同級生や……もし可能なら、当時住んでいたあたりの知りあいとか」

「え……？」

「キティのことで、なにか知っていることがないか……ね」

「で、でも中学の同級生とはつきあいなくて……高校のやつらは、たぶんろくに知らないと思うし。前の家には、引っ越してから一度も……」

「わかってる。機会があったらでいい。四年近くもたって、なかなか新しい情報が入らなくなってきてるんだ。少しでも欲しくてね」

「そう……ですよね」

それだけ時間がたてば、人の記憶からもこぼれていく。当時を知っている者も、もとの形を忘れてしまいがちだろうし、進学や就職などで土地を離れた者もいるはずだ。たった三度の出現なのだから、もともと情報だって多くはないはずなのだ。

焦ることはない。いまさら奎斗に辿《たど》りつけるはずがない。きっと大丈夫。

自分に言い聞かせているのを気づかれないように、奎斗はキッチンの照明を落としてダイニングルームへ出る。ちょうど話も切りがいいから、読みたい本があると言って自室へ戻ることにした。

自分のことで手一杯な奎斗は、見送る賀津と太智がちらりと目をあわせていたことなど、まったく気づいていなかった。


ベッドに座り、枕もとに置いたままの本を手にして、奎斗は深く溜め息をついた。目にはじわりと涙が滲《にじ》んでいた。

よくここまで頑張ったと思う。賀津と太智の前では泣くまいと、必死でこらえていたのだ。こんなことで泣く自分が情けないと思いつつ、チキンなんだから仕方ないと開き直ってもいた。

「もうやだ……」

やはり人間は身の丈《たけ》にあわないことをしてはだめだと思う。

ひどく疲れた。精神的に、こんなに疲労感を覚えたのは、中学三年の夏休み明け以来ではないだろうか。

襲撃を計画していたときも、キティという存在になっているときも、気分が高揚していたせいか、なにも思い煩《わずら》うことはなかった。脳内に変な物質が出ていたのかもしれない。いまにして思えば全能感に近いものがあった気がする。だから我に返ったあと、その反動が出たのだろう。

理央に電話をしたいが、この時間はもうだめだ。メールも、もし音で起こしてしまったらと思うとできない。

（明日にしよう……）

事情を話せば、だから言ったんだと溜め息をつかれてしまうかもしれない。だがそれよりも心配をかけてしまうことがいやだ。

それにここで話すのは危ないかもしれない。明日、大学でかけたほうがいいだろう。

本を開いて膝《ひざ》に置きつつも、とても文字を追うことはできなかった。だが誰かが入ってきたときのために、ポーズは必要だ。

（賀津先輩が来たら……どうしよう……）

終始淡々と話してはいたが、かなり熱心に追いかけていることは確かだろう。正体不明の二人組ではなく、話の感じだとあきらかに「キティ」を追っているようだった。

バレてはいけない。賀津は「キティ」に恨みなどないだろうし、単純に興味で追っているはずだが、彼にはノンフィクション作家としての顔がある。そしてジェイドの村居ときわめて近い場所にいるのだ。

（賀津先輩にバレるってことは、村居にバレるってことだ）

同じ意味で、太智には気づかれてはいけない。

「はぁ……」

太智はともかく、賀津は手強そうだ。これから家のなかでも気を張っていかねばならないのかと思うと、かなり気が重い。

「でも、自業自得……だよね」

四年前のツケがまわってきたのだ。

奎斗は力なく身体を横たえ、ふたたび深く溜め息をついた。


午後一番の講義が終わると、奎斗は電話をする場所を求めて建物の外へ出た。次は奎斗だけが空き時間で、太智は選択授業が入っているために別行動だ。このチャンスを逃がしてはなるまいと、よく休憩する花壇に迷わず腰かけた。

ここは見晴らしがよく、人が近くに来ればすぐにわかる。滅多に座る者もいないし、よほどの大声を出さない限り奎斗の声が遠くまで通ることはない。

時間もちょうどいい頃だ。携帯電話を取りだし、一番最初に登録してある番号にかけた。メールにしなかったのは、文章として形にしてしまうのが怖かったからだ。

『奎斗……？』

「あ、うん。ごめんね、急に」

『いいけど、今度はなにがあったの？』

理央は電話のタイミングと声の調子で、すぐ異変に気づいた。前回の電話に続き、また奎斗からかけたからだ。

「それが……」

昨夜の話を、搔《か》い摘《つま》んで説明した。賀津が「キティ」を追っていること。賀津の異母弟がジェイドの村居だったこと。仲は悪そうだが、けっして油断はできないこと。

念のために口もとは手で覆い隠した。

理央は小さく溜め息をついたが、すぐに質問をしてきた。主に、賀津がなにをどこまでつかんでいるのか、だった。

『あくまで女って思われてるんだね？』

「うん。歳も、どっちかっていうと上に見られてるっぽい」

『まぁ、そうだろうね。僕らに辿りつくようなヘマはやらかしてないはずだよ。写真を撮られることも予想はしてたしね』

「そうなの？」

『うん。だから警戒して、トップを狙ったあとは四番手にして、次に二番手にしたんじゃないか。わざわざ三番手を無視してさ』

狙いをわかりにくくさせ、混乱を招くように、あえてそうしたのだ。疑いの目をほかにむけようという意図はなかった。ただ、次にどこを狙うのかを絞れないようにするためだった。回を重ねるごとに、不意打ちは難しくなるからだ。だがそれだけではなく、野次馬対策の意味もあったようだ。

「ありがと」

『ん？』

「俺の分まで、いろいろ考えてくれてるもんね」

奎斗自身はほとんどなにも考えていなかった。理央に「ジェイドを止める」と言ったときも、頭のなかにはとにかく奇襲をかけることしかなく、変装どころかどうやって現場へ行くかも考えていなかったのだ。

一人だったら間違いなく失敗していた。チームの人数は多かったし、まともにやりあって勝てる相手でもなかった。理央が足並みを崩して分断してくれたから、なんとかなったのだ。そして半分以上は理央が倒していた。

「迷惑ばっか、かけてごめん……」

『違うよ。迷惑だったら、なにもしないって。謝るなら、心配かけてることにして』

「……うん」

甘えているという自覚はある。子供の頃から、親よりも理央に甘え、依存してきた。理央が留学を決めたときのショックといったらなかった。両親の離婚のときどころではなかったのだ。きっと理央はそんな奎斗を懸念し、あえて距離を置こうとしたのかもしれない。ふとそう思った。

(兄離れしなきゃなぁ……自立、自立)

『奎斗』

「うん?」

『大丈夫なの? 気が休まらないだろ?』

「え……あ、そんなでもないよ。いつもその話になるわけじゃないだろうし、賀津先輩だって、ほかに研究してることはあるし」

本当は昨日から気を張っていて、昨夜《ゆうべ》もよく眠れなかったが、理央にこれ以上の心配はさせたくなかった。こんなときに電話は都合がいい。声だけならばまだごまかしも利くだろうから。

『無理しないの。ね、奎斗。よく聞いて。証拠はなにもないんだ。いまさら出てくるはずがない』

「……うん」

『賀津って男が四年近く調べて、顔がはっきりしない写真しか手に入らなかったんだ。それ以上のものはないと考えていいと思う。野次馬たちがちゃんとしたカメラとかビデオを用意するほど、時間はかけなかったしね』

襲撃はわずか四日のうちに終わらせた。噂が広がる前に、待ち伏せされるようになる前に、一気に終わらせたのだ。

「うん」

『だったら大丈夫。僕が借りたバイクはとっくに廃車になってるし、借り主は信用がおける人で、いまはもう日本にいない。変装に使ったウィッグも服も処分ずみ。逃走ルートだってちゃんと考えてた』

「そうだよね」

バイクで現場からは充分すぎるほど離れ、追っ手も目撃者もいないのを確かめてから、止めておいた大型のバンに入れて帰宅していた。場所はその都度《つど》変えた。たった三度だから、なんとかなったのだ。回を重ねていけばギャラリーも増え、安全に逃げることは難しくなっていただろう。もっとも奎斗たちには続ける必要もなかったから、理央は相応の計画を立てたのだが。

『堂々としてればいいんだよ。賀津っていう男がどう出るかは、直接話したこともないからわからないけど……』

なにか言いたそうな気配は感じたものの、その先の言葉はなかった。

とにかく気を張りすぎない程度に引き締めていくべきなのだろう。加減が一番難しいのではあるが。

「ありがと。ちょっと落ち着いたよ」

『なにかあったら、いつでもいいから連絡して。時間なんかどうでもいいから』

「うん。ありがと」

少し肩から力が抜けたのが自分でもわかった。表情も自然と綻《ほころ》んで、我知らず微笑みを浮かべていた。

『じゃ、またね』

「うん、おやすみ」

最後は口もとから手を外して囁《ささや》き、電話を切る。

ふうと息をもらしたとき、少し離れたところから声が聞こえた。

「奎斗」

「っ……」

息を呑んで顔を上げると、そこには近づいてこようとしている賀津の姿があった。院生なのだから、ここにいても不思議ではないのだが、あまりのタイミングのよさに、つい身がまえてしまう。

言葉もない奎斗をよそに、賀津は当たり前のように隣に座った。

ここはベンチじゃない。ただの花壇だ。なのに賀津は気にした様子もなかった。

「海外に友達でもいるのか？」

「え……？」

「いや、いま『おやすみ』って言ってたから」

「あ、ああ……はい、そう……です」

奎斗の態度は絶対に不自然なはずなのに、賀津はなにも言わなかった。それがかえって不気味だった。

優しくて親切な先輩というだけではない。どこか得体の知れなさを、昨夜から奎斗は感じていた。

「留学？」

「はい」

「へぇ、長いの？」

「二年くらい……です」

「高校の？」

「いえ……幼なじみなんですけど……」

戸惑いながら答えたが、頭のなかは疑問でいっぱいだった。どうして電話の相手のことでこんなに質問されるのかがわからない。

もしかしたら疑われているのだろうか。いまもそうだが、昨夜も不自然な態度が随所にあったはずだ。なのになにも追及されなかったのは、泳がされている状態だからではないのだろうか。

疑心暗鬼になって、奎斗はますます身を硬くする。それを見て賀津は、ふっと笑みを浮かべた。

「……なんでそんなこと訊《き》くの、って顔してるな」

伸ばされた手が、頬《ほお》に触れる。びくっと身をすくめた奎斗を気にすることなく、賀津はそのまま笑みを深くする。

笑顔なのに、怖かった。

「せ……先輩……」

「興味がね、あるんだ。……奎斗にね」

親指がなぞるようにして奎斗の唇に触れる。その意味や、視線や言葉も目的が、まったく理解できなかった。

きっと泣きそうな顔をしていたのだろう。賀津は目を細めた。

「おいで」

ここでは人目につくからと言われ、手を引かれた。

確かに常に誰かが視界に入ってくるような場所だ。近くに誰もいなくても、建物に出入り

する学生や職員などの姿が見える。

何人かが驚いた様子でこちらを見ていた。

そして賀津は目立つ男だ。理央のような華やかさはないのに、ひどく印象的で充分に人の目を惹《ひ》きつける。学内でも有名人だった。そんな男が真っ昼間のキャンパスで男子学生を見つめて頰に触れたりしていたのだから、注視するのは当然だ。いや、賀津でなくても、なにごとかと思われただろう。

連れていかれた先は、賀津が在籍している研究室と隣接している資料室だ。図書館とは別に、ここには新旧様々な文献が揃っているらしい。

なかに入ると、少し埃《ほこり》っぽい匂いがした。掃除はきちんとしてあるが、きっと古い本自体がそういう匂いなのだろう。
四、五畳の広さの資料室には棚と本しかなく、座るところなどなかった。
「あの……」

「ごめんね、こんなところで。でも研究室には教授もいるしね」

賀津はそう言いながら、折りたたみ式の低い脚立《きゃたつ》を部屋の隅から持ってきた。広げるとちょうど椅子くらいの高さになった。

「座って」

「え、でも」

「いいから」

一人しか座れないのにと遠慮すると、なかば強引に座らされた。そうして賀津は床に膝をついて奎斗を見つめてきた。

「大丈夫？」

「な……なにが、ですか」

「昨日から、元気がないだろう？　俺がご両親の離婚のこととか……そういうデリケートなことを思いださせたからじゃないのか？」

思いがけない言葉に奎斗は目を瞠った。まさかそんなふうに受けとめられていたとは考えていなかった。

胸のうちでこっそりと安堵《あんど》しながら、奎斗は目を伏せてかぶりを振った。

「それは、もう……終わったことですから」

「でも楽しい話じゃないだろ」

「そうなんですけど……でも、本当に大丈夫です。気を使わせちゃって、かえって申しわけないです」

低い位置にある切れ長の目を見つめ、奎斗は笑みを浮かべた。自分の目線が賀津よりも高いなんて新鮮な気分だ。

「お母さんのことを、少し訊いても？」

「あ、はい」

「連絡は取ってるのか？」

「たまに。でも恋人がいるみたいなので、あんまり会うことはないです。楽しそうに海外を飛びまわってるし」

両親はそれぞれに新たなパートナーを見つけた。母親もそのうち再婚しそうな雰囲気だ。ほんの少し年上の、輸入食料品の会社を経営する男が恋人だと聞いている。海外へ行くのも、彼氏の仕事の関係らしい。

「奎斗のお母さんは、美人なんだろうな」

「そんなこと……」

「似てるのか？」

「う……ん、少しだけ。俺、両親どっちにも似てるんです」

目や輪郭は父親に似ているのだが、鼻や口もとは母親似だ。ほどよくミックスされているというのが周囲の意見だった。もし顔のパーツがすべて母親似だったら、奎斗の顔立ちはもっと派手だっただろう。

「見てみたいな。写真は持ってないのか？」

「えー、持ち歩いてなんかいないですよ」

写真のたぐいは実家に置いてきてしまったし、携帯電話のカメラ機能で母親を撮ったことはない。たまにメールは来るものの、写真が添付されていたこともなかった。

「じゃ、そのうち見せてくれ」

「はい。でも見たっておもしろくないですよ」

「言ったろ。奎斗に興味があるんだ」

甘く囁くように呟いて、賀津はじっと見つめてきた。

直視できない。逃げるように視線を逃がしながらも、奎斗は頬が熱くなるのを感じていた。心拍数も、さっきより確実に上がっている。

美形には耐性があるはずなのに、見つめられただけでなんでこんなことになっているのだろう。

「あ、あのっ……俺、そろそろ行かないと！」

奎斗は立ちあがり、賀津を見ないようにして言った。

「ん？　用事でもあった？」

「と、図書館で調べものが……っ」

とっさの言い訳にしては――まして奎斗の口から出たものにしては上等だった。賀津が信じたかどうかはともかくとして、引き留められるようなことはなかった。

「じゃ、また夜に」

「は、はい。失礼します」

逃げるようにして資料室を出て、足早に別の棟へ向かった。言ったからにはとりあえず図書館へ行かねばと足を進める。

まだ顔が熱い。手の甲で頬に触れ、奎斗は軽くかぶりを振った。

別の意味でも、賀津と二人だけで話すのは避けたほうがいいかもしれない。奎斗はひそかに決意した。

いい天気だ。溜め息が出そうになるほどに。

窓の外へと視線を投げて、奎斗は流れの速い雲を見つめた。

来なくていいと思っていた休みの日は、当然のことながらやってきてしまった。

いままでそんなことは一度だって思わなかったのに、賀津を恐れるようになってから、接する機会が増える週末は来てほしくないと思うようになっていた。

普段の日はいい。太智もいるし、大学に行っているあいだは基本的に賀津と会うことはない。会うのは朝に少しと、夜のみだ。夜もぜいぜい食事の前後くらいで、太智もいるから雰囲気が妙《みょう》な方向へ行くこともあまりない。キティの話が出るのは嬉しくないが、理央に大丈夫だと言われたからか、さほど動揺せずにいられるようになった。奎斗がリビングで寛《くつろ》げば自ずと一緒にいる時間は増えるだろうが、片づけを終えたあとはそそくさと自室にこもってしまうので、必要以上に会わずにすんでいた。

賀津の態度は変わっていないが、太智は少し気遣わしげになり、よく賀津の反応を気にするようになった。はっきり言えば、顔色を窺《うかが》っているのだ。その事実に、自分のことで手一杯な奎斗は気づいていなかったが。

(真綿《まわた》で首を絞められる感じって、こういうの……?)

ふと思い、すぐに違うと否定した。絞められている感じではないのだ。首にぴったりと巻きついていて、なんだかひどく気になる。ずっとそこにあるからといって慣れるわけではなく、精神的に息苦しい。そんな感じだ。

おかげでミスを連発している。小さなものだから、いまだ大事には至っていないし、賀津もかなりフォローしてくれている。

賀津はなにも言わないし、怒らない。魚を焦がしても、野菜を煮すぎてどろどろにしてしまっても、壁のクロスを引っかけて少し破ってしまっても、「大丈夫だよ」と優しく笑うばかりだった。ときどきおかしそうに笑っていたが、それはけっして奎斗を馬鹿にするものではなかった。

なにを考えているのかわからない。もしかして他意などなくて、純粋に奎斗のことを心配してくれているだけかもしれない。キティの話も、たまたま奎斗の昔の家を知って尋ねただけで、特に不審には思われなかったかもしれないのではないか。

(態度だって、普通だと思うし……たぶん)

過剰なスキンシップと甘さと熱を孕《はら》んだ視線が、賀津のスタンダードかどうかについては疑問が残る。太智への態度とは明らかに違うからだ。最初は疑問を覚えなかったが、さすがに何日もたつと冷静な判断ができるようになってくる。身内だから、と賀津は笑っていたが、なんとなく釈《しゃく》然《ぜん》としない。

賀津は太智がドアにぶつかったときは、鼻で冷たく笑っていたが、奎斗がぼんやりとしていてぶつかりそうになったときは、後ろから抱きこむようにして止めてくれた。太智が爪切りで失敗して血を出して騒いでいたときは、絆創膏《ばんそうこう》の箱を後頭部に投げつけていたが、奎斗がキッチンで軽く指を切ったときは、手をつかんで血を舐めとったあと、水で流して絆創膏を貼ってくれた。

太智はもの言いたげな顔をしていたが、いずれのときもなにも言わなかった。

「うわぁあああ」

思いだしたら恥ずかしくなって、奎斗は顔を赤らめた。二日前の傷はまだはっきりとした線として残っているが、とっくに血は止まっているし、絆創膏もしていない。強く押せば痛むが、普段は思いだすこともなかった。

だが奎斗は思いだしてしまった。

この指に賀津の舌先が触れた。目を離せないでいる奎斗をしっかりと見つめたまま、賀津は血を舐めとったのだ。

硬直して、奎斗はなにもできなかった。手を引っこめることも制止することも、まして自分で手当することも。

結局、賀津が絆創膏を貼り終わるまで、礼も言えなかった。

思いだしてもドキドキする。いや、そのときだけではなく、賀津の言動は何度も奎斗の胸を騒がせてくれた。

優しくて親切で、格好良くて、そして――。

（エロい……！　やらしいよ、なんかエッチくさいよ……！）

おかげで奎斗は動揺しっぱなしだ。同性に対してこんなふうに思うのはおかしいと思うが、相手が賀津なら仕方ないいんじゃないかと思い始めている。

とにかく気を許しちゃだめだ。油断したら、毒気に当てられる。それにキティの件でも油断はできないのだ。

（失敗、したかなぁ）

こんなことになるならば、居候なんてしなければよかった。いまからでも解消することは可能だろうか。

だが無理のない理由など思いつかない。そもそも実家に戻りたくない奎斗には、ほかに行く当てなどないのだ。

そして賀津から離れたくないと思い始めている自分がいる。

そうなのだ。このまま同居を続けるのはリスクが大きいと頭ではわかっているのに、気持ちがそれを否定していた。現段階で誰よりも厄介な人なのに、そばにいて姿を見て、声を聞いて、かまって欲しいと思ってしまう。

（このままずっといたら、気づかれちゃうかもしれないのに……）

いくら証拠はないといっても、なにかの拍子に奎斗がボロを出さないとは限らない。その点では自分自身に対して信用のない奎斗だった。

もしキティの正体がバレたら——。

報復ももちろん怖いが、なにより賀津にどう思われるかが不安だった。彼の義弟を始めとする大勢に、奎斗は暴力を振るったのだから。

(俺の馬鹿っ)

あの夏のことは記憶が曖昧だ。精神的に普通じゃなかったことは事実だが、それは免罪符にならないだろう。

おかげであれ以来、奎斗はいっさい暴力沙汰《ざた》がだめになってしまったわけだ。だめというよりも、怖い。道場にいっさい近づかないのは、そういった理由もあった。

いつのまにかぼんやりとしていたことに気づき、奎斗はふたたびフローリングの床をペーパーモップで拭き始めた。昨日から風が強いせいか、掃除をしたそばから埃がたまっていけない。

土埃なのか花粉なのか、あるいは黄砂なのかはよくわからないが、部屋が汚れることには変わりなく、今日は洗濯物を干してはいなかった。

(やっぱり窓は閉めとこ)

モップを手に窓を向かおうとしたとき、声が聞こえた。

「奎斗」

「っ……」

飛び上がりそうになるほど驚き、弾みで手にしていたペーパータイプのモップから手を離してしまった。

ゆっくりと斜め後ろの方向へ倒れていく長い柄は、床を叩く遥《はる》か前に賀津によってキャッチされた。

「大丈夫？」

「は……はははいっ」

「これ、しまっていいか？　掃除は終わってるんだろ？」

「あっ、俺がやります……！」

道具を片づけるのだって家事のうちだ。家賃代わりの労働なのだから、家主にさせてしまってはいけない。

そう思うのに、賀津は笑顔で制してモップを片づけにいってしまう。途方に暮れつつも、奎斗は窓を閉めた。

時計を見ると、まだ十一時だ。朝食時間が普段より遅かったので、ランチにするにはまだ早い。少し手のこんだものでも作ってみようか……などと考えていると、賀津が驚くようなことを言った。

「取材に同行してくれないか」

「しゅ……取材？」

「予定はないんだろ？　手伝ってくれるとありがたいな。ついでに外で昼メシでも食おうか。いつも作ってもらうばっかりじゃな」

確かに最初からそういう約束だった。家事だけではなく、取材を手伝うとも居候の条件で、奎斗はそれを承知している。そしてキティの話をして最初の週末なのだから、賀津がこの週末に取材をすることは充分に考えられたのに、奎斗はまったく失念していた。

「……はい」

すっかり忘れてしまっていたけれども、拒否権などあろうはずもなかった。たとえ取材の対象が自分自身であってもだ。

「調子よくないなら、無理しなくていいよ」

さらりと髪を撫でられて、奎斗ははっとした。

「大丈夫です」

「そう？　俺としては嬉しいけど……」

髪から頬へと、手は自然に滑ってきて、まっすぐに見つめられる。気遣わしげな、そしてどこか熱を孕んだ視線に、また奎斗の胸はうるさく騒ぎ始めた。

油断していた。キティのことがバレるのも困るが、同じくらい困るのが賀津のこんな態度だというのに。

「奎斗？」

「な、なんでもないです……っ」

軽くかぶりを振ってみるが賀津の手は離れていかない。できればこれをきっかけに手を離して欲しかったのだが、それが叶わないとなると、もう次の策は浮かばなかった。今のを策と言ったら、あまりにもお粗末なのだが。

どうしよう、困った。

固まっていると、ふいにバーンと背後でドアが開いた。

「あ……」

自室から出てきた太智が、少し離れた廊下のところで固まっていた。

チッと舌打ちが聞こえ、奎斗は我に返る。相変わらず立ちつくしたままの太智が、びくんと震えるのがわかった。

いまのは賀津が出した音なのだろうか。怪訝《けげん》そうに見あげるが、賀津は穏やかな優しい顔をして奎斗を見つめている。

(空耳？)

そうとしか思えない。だって賀津はとても舌打ちするような顔をしていなかった。

「おまえも行くぞ、太智」

「どこへ？」

「取材。横浜だ」

「ええっ！」

「ほら、キー」

なぜか車のキーを渡された太智は、目を瞠ってぶんぶんと首を横に振った。本当に音がしそうだった。

賀津の車も新しい。今年の二月に納車されたばかりだという。

「いやいや、だって俺まだ免許取って一ヵ月ちょい……」

「ぶつけたら殺す」

「ひっ」

相変わらずハードな冗談だと思うが、あくまで口調や表情は楽しげなものだった。本当に仲のいい従兄弟同士だ。奎斗と理央の関係とはまた違うものの、根底に確固たる信頼関係があるのは間違いなかった。

遠慮のないつきあいを見て、ちょっと羨《うらや》ましいと思ったことは、誰にも内緒だ。

目的地が近づくにつれ、奎斗は緊張を募らせ、顔を強ばらせた。

今回の取材内容はとっくにわかっている。車に乗りこみ、カーナビに目的地を入れたときに、あまりにも聞き慣れた地名が耳に入ったからだ。

青埜台。三年前まで奎斗が住んでいた町だった。

ハンドルを握る太智はきっと奎斗と同じくらい緊張していただろうが、もちろんその意味は違う。それに目的地が近づくにつれ硬くなる奎斗とは対照的に、太智は時間がたてばたつほど運転に慣れて肩から力が抜けてきた。最初はハンドルにかじりつくようにしていたのに、いまでは鼻歌まじりだ。

「ご機嫌だな」

「っ……」

後ろから運転席に近寄って、賀津は囁く。途端に太智は声にならない悲鳴を上げたが、運転に支障を来《きた》すほどではなかった。

じっとその様子を眺め、奎斗は首を傾《かし》げる。

たんなる悪戯《いたずら》好きなのか、従兄弟が可愛くて仕方ないからしているのか、いま一つよくわからない。ようするに奎斗はまだ賀津という男をつかめていないのだ。とりあえず仲がいいことは確かだろう。

「もうすぐだな」

ぼんやりとしていた奎斗ははっと我に返り、窓の外に目をやった。

町並みにはいやというほど見覚えがあった。いつもバスで駅へと向かっていた道だ。繁華街ならばともかく、このあたりの住宅は新しいものが多いから、三年程度ではほとんど変わっていなかった。

やがて太智が運転する車は、比較的まっすぐな道路へと出た。

「この道？」

「……はい」

自然と眉根が寄っていた。

引っ越してきたのは奎斗が十歳のときだ。だから五年ほどしか住んでいないが、最初の四年は毎日がとても楽しくて、家にも学校にも町にも不満なんてなかった。だが最後の一年は、あまり思いだしたくない。夜中の騒音と治安の悪化のせいもあったし、家庭内の空気がおかしくなったせいもあった。

きっといまは、もとの静かな住宅街に戻っているのだろう。見る限り、どこもきれいに保たれているようだ。

「家はどのあたり？」

「あ……ええと、左側に公園が見えたら、すぐです」

それから間もなくして見覚えのある公園が姿を現した。相変わらず遊具は少なく、広場が大きい。子供たちがボールを蹴っている姿があった。

太智がスピードを落とした。家が建ち並ぶなか、数件目にひどく懐かしい家があった。

「そこです。その、青っぽい屋根の」

「止めるか？」

「いえ」

懐かしさはあるが、長く見つめることに意味があるとは思えなかった。見る限り、特に手を加えられたところはないようだが、ここはもう別の家族のものだ。干してある洗濯物には幼児用の服もあり、垣根の隙間から見えた庭には、カラフルなプラスティック製のシャベルやバケツがあった。

隣家の子供も、大きくなったことだろう。見てみたい気はするが、わざわざ訪ねていくほどのことでもない。

「近所に、同じ年頃の子はいたのか？」

「え？　あ……いたと思いますけど、あんまり遊んだ覚えはないです」

奎斗は塾だ空手だと習いごとが多かったし、なぜか家が近いのは女の子ばかりで、自分から避けていたのだ。なにしろ彼女たちはパワフルで、捕《つか》まればいじり倒されることが確実だったからだ。

「そうか。太智。高校生か大学生くらいの子を見かけたら、車止めろ」

「はーい」

迷惑にならない程度にゆっくりと走り、途中で二人組の青年を見かけて路肩に寄せた。私服だからはっきりとはしないが、二十歳より少し前のように思えた。

「つきあってくれ」

「あ、はい」

賀津に続いて車を降り、青年たちに近づいていく。声をかけると、怪訝そうに彼らは振り返った。

警戒を解くために、まずは名刺を渡した。もちろん奎斗は黙って横にいるだけだ。

「四年前の夏に話題になった族潰しの二人組のことは知ってる？　もし知ってたら、話を聞かせて欲しいんだ」

「いいですけど……」

青年の一人はちらりと奎斗を見て、もの言いたげな顔をした。視線に気づいて、賀津は笑顔を向けた。

「なにか？」

「あ……いや、えっと……あんた、青埜高で俺の一つ下だったよな？　俺、去年卒業したんだけど」

「え？」

言われたことに間違いなかったが、奎斗のほうはまったく記憶になかった。戸惑いが顔に出ていたのか、相手はすぐに苦笑した。

「いや、俺が一方的に知ってるだけだから。わりと、あんた有名だったし」

「有名……？」

そんなはずはない。目立つことをした覚えなどなく、困惑ばかりが浮かんでくる。成績は上の下というあたりだったし、注目を浴びるような委員やクラブ活動をしたこともないし、噂になるような奇行があったわけではないからだ。

「人気あったじゃん。昔の彼女が、このへんに住んでたらしくてさ、あんたのことも知ってたよ」

「はぁ……あ、あの、それよりも四年前のことで……」

深い話をしてはいけない気がして、慌てて本題を持ちだした。すると青年はどうでもいいように軽く頷いた。

「ああ、あれね。あったね」

「懐かしー」

彼らの反応が普通なのだろう。もう四年近くたっているのだ。記憶のなかに埋もれて当然だった。

「君たちの家はこのあたり？　当時、ジェイドの騒音はどうだった？」

「あー、結構ヤバかった。あと、夜は怖くて出らんなかったな」

「俺も。寝不足で成績下がったたし。だから、ジェイドとか、いろんなとこがやられて、いい気味って思ったよ」

勢力の強いチームに憧れる子供たちがいる一方、迷惑にしか思わない、あるいは侮蔑《ぶべつ》の念を抱く者もいる。目の前の二人は後者のようだ。

「二人組のことで、なにか知ってることはないか？」

「なにかって……ええと、ハーフのカップルで……横須賀のほうで誰かが見たとか……その程度」

「俺もそんくらい」

「このあたりでそれらしいのを見たことは？」

「えー、ないない。だってかなり派手な二人組だろ？　いたら目立つよ」

「だよな。ハーフって、そうでなくても顔よかったりするじゃん。そういえば、あれ……従兄弟にハーフがいるんだっけ？」

青埜高の一つ上だという青年が、奎斗を見て尋ねた。

「へ……？」

「元カノがそんなこと言ってた気がすんだけど……違ったっけ？」

「い、いないですよ」

これは本当だが、内心では焦りに焦っていた。おそらく従兄弟というのは理央のことだ。何度か泊まりに来た理央のことを従兄弟と思いこんだか、説明するのを面倒がった母親がそう言ったか、どちらかだと思った。

隣に立つ賀津から、ふーんという声が聞こえて、奎斗は身を硬くした。

「親戚にハーフがいるの？」

「いません！」

賀津に問われ、とっさにきっぱり否定した。ここは自信をもって断言できる。たとえ心のなかで、びくびくと震えていても、嘘ではないから力強く言えた。

「誰かと間違えたかなぁ」

「はは……」

結局これといった話は聞けず、賀津は礼を言って引きあげた。なにやら思案顔なのが非常に気になったが、下手《へた》につつくのは怖いから黙っていた。

車に戻ると、すぐに賀津は指示を出す。

「太智。このまま、波里崎町《はりざきちょう》へ行け」

「はいはい」

それは奎斗がキティという存在として一番最初に騒ぎを起こした場所だった。

予想していたとはいえ、その町名を聞くと、口のなかに苦いものが広がっていくようだった。行きたくはないし、あのとき以来、一度も足を踏みいれてはいない場所だ。

太智は目的地に着くとパーキングに車を止め、今度は取材に同行した。かなり慣れているので、何度かこういうことはあったのだろう。

表通りを抜け、安っぽいバーや居酒屋が点在している界隈へ差しかかる。昼間と夜では雰囲気が違って見えた。

「このあたりだ」

「つーか、もうなんべんも来てんのに……」

太智は溜め息まじりに呟いて、ちらりと奎斗を見やったが、いっぱいいっぱいの奎斗はまるで気づかなかった。

「新たになにかわかるかもしれないだろ？」

「どーだか」

同情を含んだまなざしは、本人に気づかれることなくそそがれ続けている。視線を受ける奎斗の顔色は目に見えて悪かった。

誰よりもそれに気づいているはずの賀津は、さっきから放置気味だ。むしろ状況を楽しんでさえいた。

「……ドS……」

ぼそりと呟いた声はもちろん奎斗には聞こえない。賀津にも聞こえなかったはずだが、ちらりと冷たい目が太智を見た。

太智はひそかに震え上がった。

「おいで」

当たり前のように奎斗の手を引いて賀津は歩きだし、その後ろを太智は黙ってついていった。口答えはいっさいなかった。

手を引かれるまま、奎斗はびくびくしながら歩いていく。

「どうしたの？」

「い、いえ……」

「怖いことはないよ。いまでも多少、ガラの悪いのがたむろしてるみたいだけど、昼間はいないしね」

わかっているとばかりに頷くものの、奎斗の表情は冴《さ》えないままだった。

性格の悪い部分と、悪い癖が、余すことなく出てしまっている。気は弱いし怖がりだし、ものごとは悪いほうへと考えてしまう。

だからこうして賀津と歩いていても、最悪のケースばかりを考えてしまって、身動きが取れなくなりそうだった。

路地裏に差しかかったとき、急に賀津は足を止めた。

見あげると、包まれるようにして抱きしめられた。背中を軽く叩く手は奎斗を宥め、落ち着かせようとしていた。

「まだ落ち着かない？」

「か、賀津先輩……」

「俺がいるから大丈夫だよ」

「は……はい」

そう優しく笑う賀津こそ要注意人物だ。だが数年前の現場に来てビクついているいまの奎斗には、自分を助けてくれる頼もしい人に思えてしまった。

「じゃ、もう一つ」

くいっと指先で顎《あご》を掬《すく》われたかと思ったら、賀津のアップが迫ってきた。

「なっ……ん」

目を瞠った瞬間に、なぜか唇が塞《ふさ》がれていた。

固まって動けないし、疑問すら頭に浮かばない。唐突すぎた。脈絡はなかったはずだと、あとになって考えたときにも思ったくらいだった。

代わりに騒いだのは太智だった。

「ぎゃーっ……！　なに、なにやってんのこーちゃん！」

慌てすぎて太智の呼び方は素になっていた。

賀津は奎斗から唇を離し、茫然《ぼうぜん》としている奎斗に笑みを向けた。そうしてよくわからない一言を言い放つ。

「おまじない」

「意味わかんねーって！」

太智の怒号に、賀津は小さく舌を打った。ただし抱きしめている腕はそのままで、太智を見る視線は限りなく冷たい。

「うるさいぞ」

「いや、だって」

「なんだったら、別行動でもいいぞ。先に車に戻ってもいい」

「いっそはっきり邪魔っておっしゃって。っていうか、なにしに来たんですか。どう考えたって取材ってより……」

「太智」

据《す》わった目が太智を射貫《いぬ》き、いやおうなしに口を閉ざすことになる。とっくに引くべきラインを越えている。太智は経験上よくわかっていたが、奎斗が関わっていることなので、なかなか引けないでいるのだった。

「行こうか」

路地から出て、さっきと同じように町を歩きまわる、そこに太智は意味を見つけられないでいた。今日の外出が取材目的でないことを確信した。

太智は同情的な目を奎斗の後ろ姿に向けると、質《たち》の悪い人に捕まってしまった友人に、心のなかで合掌した。

じっと訴える目を向ける太智を無視し、賀津は奎斗を連れ歩いた。

怯《おび》える奎斗を見つめる目は、楽しくてたまらないと、同時に愛《いと》おしくて仕方ないと言っていた。

「ごめん、奎斗……」

会わせたのは太智だから、責任を感じた。恋愛の意味で弄《もてあそ》ぶことはないだろうが、その愛情表現の一環として精神的にいたぶることは間違いない。ちょうど、いまのように。

従兄弟、あるいは後輩でよかったと、つくづく思う太智だった。

ふいに賀津が足を止める。肩を抱かれている奎斗も、そして太智も立ち止まり、意味を求めて顔を上げた。

賀津は厳しい顔をしていた。視線は一点を見つめ、いつも涼しげな顔は不快そうにしかめられている。

ここまで嫌悪をあらわにするのは珍しい。奎斗は驚くばかりだが、従兄弟である太智には覚えがあった。

「まさか……」

「つまんねー顔、見ちまったな。せっかくの休みだってーのに」

知った声が聞こえてきて、太智は「やっぱり」と呟いた。一方の奎斗は、最初こそ怪訝そうな顔をしていたが、やがてみるみる顔色をなくした。

指先が小刻みに震え、気づいた賀津にそっと握られた。

「お互いについてないな。俺も不愉快な顔を見るはめになった」

奎斗の記憶に残っている顔と、目の前にいる男の顔は、ぴったりと重なっていた。当時よりも大人《おとな》びて、わずかにあった幼さもそぎ落とされ、完成された大人の男になっている。鋭い刃物のような雰囲気も健在だった。

彼——村居陽慧は、どこか廃退的な気配をまとい、顔を歪《ゆが》めて賀津を睨《にら》みつけた。

つり気味の切れ長の目に、高い鼻筋と厚めの唇。賀津には似ていないが、こちらも目を惹く男前であることは間違いない。

村居は目を眇《すが》め、賀津を見ていた。

「今日はぞろぞろと引きつれて、遠足か？」

「おまえこそ、わざわざ思い出の地まで散歩か」

言葉を発するたびにどんどん空気が悪くなっていく。奎斗は生きた心地がしなかったし、もし正体に気づかれたらと思い、足まで震えそうになった。

四年近くたって村居に会い、あらためて自分のしたことが信じられない奎斗だった。こんなに怖そうな男を、どうしてあのときは蹴り倒すことができたのだろうか。

バレたらどんな仕返しを受けるのか、想像もできない。いや、したくないからしないことにした。

どうやら村居はいまもキティを探しているようだ。賀津の言い方と、村居の反応からして、まず間違いはないだろう。

どれだけ執念深いのか。見た目は狼《おおかみ》みたいなのに、中身は蛇《へび》なのか。

「っ……」

いきなり村居と目があい、奎斗はびくんと身を竦《すく》めた。

目を逸らしたいのに逸らせない。蛇に睨まれた蛙《かえる》とは、こういうことをいうのだ。まるで金縛りにあったように身体が動かなかった。

顔面は蒼白で、指先はカタカタと震え、背中にも手のひらにもいやな汗をかいている。少しでも気を緩めたらそのまま卒倒しそうだった。

（なんで、なんで……）

村居が無言で奎斗を見つめ続ける理由がわからない。ケンカを売られるような態度や目つきをしているはずもなく、なにか口走ったわけでもない。不良に目をつけられる要素といえば、金品を脅《おど》し取られるか憂《う》さ晴らしに殴られるかくらいしか思いつかないが、異母兄が隣にいる状態で村居がそれをするとは考えにくい。

収拾のつかない考えがぐるぐると頭のなかを駆けめぐり、奎斗はパニックを起こしかけていた。

村居が足を前に踏みだした途端、奎斗はひっと声にならない悲鳴を上げた。

無意識に後ろへ下がろうとした背中は、すぐに壁にぶつかった。いや、壁だと思ったそれが賀津の身体だと気づいたのは、後ろから抱きしめられたときだった。

「大丈夫」

耳もとで囁かれた声に、強ばっていた身体から力が抜ける。

目の前で村居が険しい顔をしたが、奎斗はさっきまでのように怯えることはなかった。賀津がいてくれる。まるで守るようにして抱きしめてくれる腕は、いまの奎斗にとってなによりも頼れるものになった。

「なんの真似だ、そりゃ。いつそんなデカいガキ作ったんだ？」

「保護者に見えるって言うなら、おまえは相当鈍いんだな。それとも元不良のくせに、奥手なのか？」

「ふざけんな」

言葉をかわすたびにさらに雰囲気が悪くなっていく。どちらも取り繕う気はなく、また引く気もないらしい。悪態をつきながらも実は仲がいい……というパターンではなさそうだった。実際に二人が揃うところを見るまでは、互いに素直になれないだけじゃないかと思っていたのだが、とんでもなく甘い考えだったようだ。

どう考えても二人の関係は良好ではなかった。

「それにしても相変わらず執念深いんだな。まだ根に持ってるのか」

「あんただって調べてるんだろうが」

「俺は私怨じゃないけどね」

くすりと笑う賀津には、優位に立つ人間の余裕が見えた。それがいつものことなのか今日だけなのかは、奎斗にはわからなかった。

「……なにかわかったのか？」

村居は目を眇め、探るように尋ねた。

ますます低くなったその声に奎斗はいますぐこの場を逃げたくなる。賀津に抱きしめられていなかったら、間違いなくそうしていた。

「なにかわかったとしても、おまえにだけは言わないだろうな。万が一、キティが見つかったとしてもね」

どうしてこんなに挑発的なことを言うんだろうかと、やっと冷静になってきた頭でそう思う。村居が一方的に突っかかっているわけではなく、賀津だってかなりのテンションで挑んでいるのだ。

案外、賀津も子供っぽいところがあるのかもしれない。

完璧すぎると、あるいは得体がしれないと、どこか敬遠する部分があった賀津のことを、少しだけ近く感じた。

「行こうか。時間の無駄だったようだ」

促されるままに方向転換し、来た道を戻った。そういえばここが往来だったことを、奎斗はようやく思いだす。人通りのない路地だからいいが、キスされたり抱きしめられたり、結構とんでもないことをされてしまったものだ。

特に急ぐでなく歩く奎斗たちのあとを、太智はひょこひょこついてきた。かなり背後を気にしているが、当然の反応だろう。奎斗だってかなり村居が気になる。いつ怒鳴り声が聞こえるか、あるいは駆けよって殴りかかってくるかと、びくびくしていたのだが、そういった事態は起こらないままパーキングに着いた。

ちらりと背後を振り返り、奎斗は安堵の息をつく。

「大丈夫。ついてきてないよ」

ぽんぽん、と背中を軽く叩かれ、奎斗は車に乗った。さっきまでと同じく後部座席に並ぶ形だが、違うのは賀津との距離が近くなったことだ。太智が料金を払っているあいだ、賀津は奎斗の頭を優しく撫でた。

「怖がらせてしまったね」

「い、いえ……」

「無理しなくていい。余計な予備知識を与えたのがまずかったな」

賀津は本当に申し訳なさそうだった。彼は奎斗が進学校出の優等生と信じ――それもまた真実ではあったが、当然村居のようなタイプに免疫がないと考えたのだろう。

キティの件がなければ、事実そうだったはずだ。あの夏の三日間以外で、奎斗は不良と目《もく》されるタイプと接触したことはない。見かけたことくらいはあるが、言葉や視線を交わしたことはなかった。

確かに怖かった。さすがは悪名高いジェイドのリーダーだった男だ。いまだにその威圧感は衰えていなかったし、凶暴性の片鱗《へんりん》も感じ取れた。

現役の頃は、あれがもっと表に出ていたのだ。襲撃したときはハイだったと言おうか、一種のトランス状態だったから意識しなかったが、記憶を辿ってみると、いまにも奎斗を射殺さんばかりの目が思い浮かぶ。

奎斗はぶるりと身を震わせた。

「本当に悪かったね」

そっと抱きしめられた腕のなかで奎斗は小さくかぶりを振った。

怯えているのは単純に村居が怖かったからじゃない。なにもなくても奎斗ならば村居の前で萎縮《いしゅく》しただろうが、これほどではなかっただろう。キティの件があるからこそ、怖くて仕方ないのだ。

賀津は宥めるようにして奎斗の背中を撫でる。外にいる太智も気遣わしげにちらっとこちらを見た。

「あれでも少しは大人になったからね、無闇に噛《か》みつくことはないよ。理由があれば、別なんだろうけど」

理由ならしっかりある奎斗としては、賀津のフォローも効果はなかった。もしかしたら顔を覚えられてしまったかもしれない。実際に会って、なにか感づかれてしまったかもしれない。

そう思うと生きた心地がしなかった。

俯《うつむ》いて手をきつく握っていると、賀津がその手を包むようにして握ってきた。

大丈夫だと言われている気がした。

賀津に対しての警戒心が薄れたのは、パニックを起こしかけていたところを救ってくれたことと、最大の注意人物である村居との仲が、かなり険悪なことを確信したからだ。決定的だったのは、あの一言だ。

おまえにだけは言わない、と賀津は言った。だったら賀津のそばでならば、少しばかり気を抜いてもいいかもしれないと思ったのだ。

太智が運転席に戻ってきて、ちらりと奎斗たちを見てすぐ前を向いた。気のせいか溜め息をついていたように見えた。

太智は黙って運転手に徹していた。いつの間にか賀津から指示が出ていたらしく、東京方面へ向かっているようだ。取材は終わりらしい。

「本当は中華街に寄ってランチでも……と思ってたんだけど、今日は帰ろうか」

優しく言われ、奎斗はこくんと頷いた。

「え、昼抜き？」

運転席から声が聞こえた。間髪《かんはつ》入れずに言ったことからも、太智が聞き耳を立てていたことは確実だ。

「不満そうだね」

「え……いや、その……だってメシ……」

しどろもどろになりつつも太智は引き下がらなかった。往復ともに運転手をさせられた彼は、ランチを楽しみに理不尽な扱いに耐えていたのだ。

バックミラー越しの表情は必死だ。賀津の顔色を窺いつつも、なんとかご褒美だけはもらおうと頑張っている。

なんだかその顔が哀れを誘った。

「……あの、俺もご飯食べて帰りたいです」

おずおずと賀津に言うと、太智の目がきらりと光る。もう一押ししてくれという、無言の訴えが聞こえた気がした。

「太智に気を使う必要はないんだよ」

「いえ、せっかく出てきたんだし……引っ越してから、こっちのほう来るのって初めてだし。その……賀津先輩がいてくれたら大丈夫です」

じっと見あげて言うと、賀津は恥ずかしくなるほど甘い顔をして、長い指で奎斗の髪を撫でた。

「だったら、食べて帰ろうか。なにがいい？」

「えっと……中華がいいです」

おそらく太智もそれを期待していたはずだし、奎斗としても異論はない。賀津と太智とならば、中華街を散策するのも楽しそうだと思った。

「わかった。太智もそれでいいんだね？」

「もちろんですとも！」

太智は声を弾ませ、さっきまでとは明らかに違う表情でハンドルを切った。かなりうきうきしているようだ。

それから目的地付近まで走り、駐車場の確保が難しいということで、中心部からは少し離れたパーキングを見つけて車を止めた。散歩がてら十分も歩けばいいらしい。

車を降りようとすると、当たり前のように手を差しだされた。手のひらを上にして、まるでエスコートでもするようだ。

「え……と」

「ん？」

「……いえ、なんでも……」

引きつりそうになる顔をなんとか取り繕って、ためらいながらも手を取った。その手を無視することはできなかったし、これはどうか……と賀津を相手に諭すこともできなかったからだ。

太智はもの言いたげな目で見ていたが、結局なにも言わなかった。そろそろ大抵のことは諦めて傍観《ぼうかん》することにしたのかもしれない。

賀津は奎斗の手を取ったまま歩き始める。つかんでいる状態から、繋いだ状態に変えられて、思わずまじまじと手もとを見つめてしまう。

さすがにこれは突っこみたかった。

「えーと、手は放したほうがいいんじゃないかなー、って……」

「人が多いだろうからね。迷子になったら困るだろう？」

「で、でも携帯持ってますし、小さい子供でもないし……」

「こういうのは、いやか？」

わざわざ足を止めて、賀津は奎斗を見つめた。その視線があまりにも柔らかで優しいから、奎斗は続けようとしていた言葉を詰まらせた。

「……いやじゃないです」

ちょっと困っているけれども、いやではない。第一困っているのも人目が気になるからであり、それさえなければむしろ嬉しいくらいなのだ。

大学生にもなった男が年上の同性と手を繋いで嬉しい……というのも微妙な話だが、奎斗は特に疑問を抱いていなかった。

「行こうか」

「はい」

「えーいいんだ……」

啞然とした太智の声が聞こえて少し我に返った奎斗だったが、結局賀津の手を振りはらうことはできなかった。

少し、いや結構恥ずかしかったが、賀津があまりにも堂々としているので、そのうち恥ずかしがっている自分のほうがおかしいような気がしてきてしまった。

人であふれる中華街の片隅の店で、三人は遅めのランチを堪能《たんのう》し、メインストリートの店を冷やかしつつ、軽く食べ歩きをして土産まで買って帰ったのだった。

夕方まで遊んで帰宅しても、まだ外は明るかった。

ランチは遅めでしっかりと食べた上、おやつ代わりに買い食いもしていたせいか、まだ当分腹は減りそうもない。

無駄に広い洗面所で、乾燥が終わった洗濯物を畳《たた》んでいると、賀津《かづ》に部屋へ来るように呼ばれた。

なんだろうと思いつつも、奎斗《けいと》は賀津についていった。リビングでテレビを見ていた太智《たいち》の姿はなくなっていた。

リビングでもなく書斎でもなく、賀津の寝室なのが少し気になった。

「座って。話があるんだ」

「……はい」

ベッドに並んで腰かけ、切りだされるのを待った。

賀津の表情に笑みはなく、普段よりもずっと硬いように思える。緊張感も孕《はら》んでいて、奎斗にもそれはたちまち伝染した。

無意識に奎斗は膝《ひざ》の上に置いた両手をきつく握りしめていた。

「そう畏《かしこ》まらなくていいんだよ。ちょっと真面目《まじめ》な話だからと思って、俺も身がまえちゃったけどね」

「あの、なん……ですか?」

「陽慧《あきさと》……村居《むらい》のことで、一応確認しておこうと思って」

「っ……」

あれで終わったと思った話を持ち出され、奎斗は目を瞠《みは》った。飛び跳ねた心臓がそのまま早鐘《はやがね》を打ち始める。

賀津は目を細め、奎斗を抱きしめて背中を撫《な》でた。

「もし村居が近づいてきても、絶対に相手にするんじゃないよ」

「え？」

「俺の取材に同行しているのを見られただろう？　だから、キティのことを訊《き》きだそうとして、接触してくるかもしれない」

「そんな……」

村居の目を思いだすと、勝手に身体《からだ》が震えてくる。彼に対しての感情は複雑で、単純な恐怖以外にも、かつてケガを負わせてしまった引け目から来る怖さもあるのだ。

「俺がいるときはいいけど、ずっと一緒にいられるわけじゃないだろう？　だから気をつけて欲しいんだ」

「は……はい」

「絶対に二人きりにならないこと。普段から人気《ひとけ》のないところには近づかないこと。自分から近づいていくなんて、もってのほかだよ？」

「し、しませんしません！」

誰がそんな恐ろしいことをするものかと、何度もかぶりを振った。するとくすりと笑う気配がして、奎斗は恐る恐る顔を上げる。

あまりの近さに慌《あわ》てて顔を背けようとしたが、大きな手がそれを阻《はば》んだ。

「か、賀津せんぱ……」

「心配だな。奎斗は、警戒心が薄いところがあるから」

「そんな、こと……ないです」

むしろ過剰なほど警戒しているはずだと奎斗は思っている。だが賀津の見解は違うようだった。

「無防備だよ。そうでなければ、俺の部屋には入らないと思うけどね。奎斗はある一定の方向にしか、警戒をしないみたいだから」

含みを持たせた言葉に、ぎくりとした。賀津の顔を見てもいつものように穏やかな表情があるだけだが、それがかえって奎斗を困惑させた。

いまのは、どういう意味で言ったのか。賀津の言う一定方向というのは、いま奎斗の脳裏に浮かんでいるものと一緒なのか。

(やっぱり、気づいてる……?)

賀津の言動は、そうとしか思えないものがあった。

理央《りお》が近くにいないいま、奎斗にとって賀津は最も頼れる人物だ。出会ってから今日までの短いあいだにそうなってしまった。

それは間違いだったのだろうか。

「奎斗」

「は……い……」

「俺を信じて。悪いようには、しないよ」

「そ、れっ……どういう、こと……ですか」

喘《あえ》ぐようにやっと問いかけると、ふたたびきつく抱きしめられた。今度は頭を抱《かか》えこむように、長い手腕のなかに閉じこめた。

「奎斗が恐れてることから、守るってことだよ。奎斗にどんなことがあったとしてもかまわないから」

囁《ささや》かれた声は力強いのに甘かった。

ああ、やはり……と思う。不安なのか、安堵《あんど》なのか、奎斗自身にもいまの感情がよくわからなかった。

誰かに気づかれてしまったら、きっと絶望感に打ちひしがれることになると覚悟していたのに、実際はそこまで衝撃的ではなかった。むしろ守ると言ってくれ、こうして抱きしめてくれることに、喜びを感じている自分がいた。

「賀津先輩……俺……」

「なにも言わなくていい。俺も誰にも言わないからね」

どこまでも優しい言い方で奎斗の言葉は封じられた。

賀津は奎斗を抱きしめたまま、静かに細い身体をベッドに横たえた。真下から見あげる形になって、ようやく奎斗はこちらの意味でもうろたえる。

大きな手が身体を撫で始めていたからなおさらだった。

「な、なに……っ」

「黙って。大丈夫だよ、怖くない。気持ちのいいことをするだけだ」

どうして、なんで、という疑問が混乱のなかで浮かぶ。

この事態がまったく理解できなかった。なにをどうしたら、奎斗は身体中を触られながら服を脱がされなければいけないのか。さっきまでの話の流れに、ここへ繋《つな》がる要素なんてあっただろうか。

以前からスキンシップは激しかった。太智のかまい方と違うのは気づいていたが、それは向こうが身内だからだと思っていた。いや、思いこもうとしていた。賀津がほかの誰にも、奎斗にするような接し方をしないことは、薄々わかっていたのだ。

キスもされ、いまはこうして身体を触られている。いくら奎斗が鈍くても、ここまで来て意味がわからないほどではなかった。

「こっちも秘密にしないとね」

意味ありげに微笑《ほほえ》まれ、もがいていた奎斗は固まった。

賀津は奎斗の秘密を知っている。共有していると言えば聞こえはいいが、悪く言えば弱みを握られていることになる。

賀津が優しいのは確かだ。奎斗に対して好意的であることも。

もちろん奎斗だって賀津が好きだ。だがそれはキスより先のことをするような好きではなかった。キスは許容範囲だったが、それとはまったくレベルが違うだろう。

「もちろん、太智にも」

同居人の名に、奎斗ははっと息を呑《の》む。

ドアの向こうには、太智がいるのだ。そんな状態で、これ以上のことを許してはいけない。たとえ相手が賀津でも、抵抗するときはしなければならないのだ。

「やっ……だめです！」

「俺に触られるのはいや？」

「そういう問題じゃないですっ。だって、理由……ないしっ、太智だって……」

「いないよ」

「えっ？」

あまりにも簡単に返された奎斗は虚《きょ》を突かれてまじまじと賀津を見つめた。

「友達に呼びだされて、遊びに行ったよ。今日は帰ってこないそうだ」

「そ……ですか」

奎斗は疑いもしなかった。まさか洗濯物を畳んでいるあいだに、太智が笑顔の脅迫《きょうはく》によって追いだされていたことなど想像もしなかった。奎斗は賀津の性格をまだほとんど把握《はあく》できていないのだ。

賀津の手が奎斗の頬《ほお》に触れる。見つめ下ろす目は、まるで愛《いと》おしいものを見るように細められた。

「可愛い」

「そんなことないです……っ、あの、放し……」

「したことないの？」

「は？」

さっきから賀津の声は、この状況にそぐわないほど穏やかだし優しい。つまり普段と変わらないのだが、かえってそれが違和感となっていた。普通じゃないことをしているのに態度が普通なのは、なんだか妙《みょう》な感じがした。

「セックス、経験なし？」

「あ……あるわけっ……」

「女の子とも？」

思わず顔が赤くなった。同性は当然として、異性ともセックスしたことはないが、特別なことだとは思っていなかった。奎斗の高校では男女ともフリーな生徒がほとんどだったし、奎斗は秘密の発覚を恐れるあまり、周囲と一線を引いていた部分があった。遊びに出ることはまずなかったし、塾でも知りあい程度しか作らなかった。そんな状態で彼女どころではなかったのだ。

「そうか、やっぱりないんだな」

「や、やっぱり……って……」

ただ恥ずかしいだけではなく、若干《じゃっかん》屈辱的だ。知らないうちに童貞だと推測されていたなんて。

ううう、と小さく唸《うな》っていると、あやすように頬にキスされた。

「嬉しいよ」

「う、嬉しい……っ？」

「奎斗を最初に知るのが俺で……って意味。まぁ、二人目なんて許さないけどね」

ちゅ、ちゅ、と音を立ててこめかみや耳や首までキスされて、奎斗はくすぐったさに身を捩《よじ》った。

けれども奎斗のもがきは、本気の抵抗にはほど遠かった。

「やめ、て……先輩っ」

「やめて欲しかったら、殴ればいいよ」

「そんな……」

奎斗は泣きそうになった。

殴ることなんてできるはずがない。あのとき以来、フィクションでさえ暴力シーンを見るのがだめになったのに。四年近くたったいまでも、この手には人を殴ったときの感触が残っていて、思いだすだけで震えてしまうのに。

ましてや賀津を殴ることなんて、絶対に無理だ。

「泣かないでくれ」

「泣いて、ない……っ」

「でも泣きそうだ。奎斗……ちょっとでも俺のことが好きだったら、受けいれてくれないか。必ず、死ぬほど好きにさせてみせるから」

賀津の声や目に、さっきまでなかった熱を感じた。

いつでも涼しげで、優しいけれども冷静すぎて無機質なイメージすらある賀津が、生々しいほど男くさい顔をしていた。

抵抗できなかった。殴れないからというのもあるが、賀津の本気を見て身体が動かなくなったというのが一番の理由だ。

賀津は捕食者だ。そして自分は獲物なのだ。

なんとかして逃げなくては、と思うのに、具体策は出てこない。相変わらず突発的な事態に弱くていやになる。

「んっ」

手のひらで肌を撫でられ、鼻にかかった声がこぼれてしまう。自分でもいやがっている声じゃないと思えて、ひどく恥ずかしくなった。

「きれいな色してるね」

「や……ぁっ」

あらわになった胸に賀津の唇が落ちる。音を立てて吸われ、舌先でちろちろと舐《な》められて、じんわりとした痺《しび》れのようなものがそこから生まれていく。味わったことがない感覚だった。

奎斗はいやいやをするようにかぶりを振った。

「こんな、の……おか、しい……」

「そうだね。でも俺は奎斗が欲しいんだ。ごめんね」

詫《わ》びながらも賀津は愛撫の手を止めることはない。指であちこちを撫でられ、口で胸をいじられていくうちに、だんだんと呼吸が乱れ始めた。

逃げなきゃという意識が、与えられる感覚に呑みこまれていく。

ふいに唇が重なり、昼間よりも深く口のなかを犯された。執拗《しつよう》なキスは、まさに犯すというのが正しいように荒々しさと濃密さを孕んでいた。

頭がぼうっとしてくる。キスって気持ちがいいんだと、奎斗はふわふわした気分で快楽に酔った。

気がつけば、身に着けていたものはすべて剝《は》ぎ取られていた。

胸をしゃぶられながら下肢《かし》をまさぐられ、声が勝手にこぼれた。

「ぁん……あ、あ……」

柔らかな粒を舐められ、舌先で押しつぶされると、たちまち硬く痼《しこ》っていく。舌を絡《から》められ、軽く歯を立てられると、甘い疼《うず》きが身体の深いところから這《は》い上がってきた。

むず痒《がゆ》くて、じっとしていられない。快感の一種だということはわかっていた。

逃げようとしていたことさえ忘れてしまう。こんなところを他人に触れられるのは初めてで、気持ちよさになにも考えられなくなった。

自分でするのとは比べものにならない。もともと奎斗は自慰に後ろめたさを感じるタイプだったから、淡白とはまた違う意味で経験は少ない。巧《たく》みな指の動きは、奎斗にとってあまりに刺激が強すぎて、じわりと涙が浮かんできた。

怖いわけでも悲しいわけでもない。気持ちがよくて、そんな自分をどうしたらいいのかわからなくて、奎斗は激しく混乱していた。

口でいじられていた乳首を指先がきゅっとつまみ、痛いんだか気持ちがいいんだかわからない感覚に身体が小さく跳ねた。

徐々に下りていった愛撫は、へそや腰骨を舐めたり甘嚙《あまが》みしたりしながら、とうとう腿《もも》の付け根まで辿《たど》りついた。

「や……っ……」

より大きく脚を開かされ、とっさに閉じようとしたが、強い力で阻止された。

触れ方は優しいのに、強引だった。

「せんぱ……やだ……」

「恥ずかしい？」

問われるままにこくんと頷《うなず》く。当然のことだ。全裸で大股を広げ、それを見られて平気でいられるわけがない。

必死で訴えかければ許してくれるかと思ったのに、賀津はうっすらと微笑み、腿の内側を強く吸いあげた。

「ん、んっ」

「きれいだよ。全部きれいだ」

そんなはずはないのに、賀津が言うと本当のように聞こえる。だからといって羞恥心《しゅうちしん》がなくなるわけではなかったが。

賀津は手での愛撫によって変化していたところを、ためらうことなく口に含んだ。

「ああ……っ、や……あん！」

いやらしい音を立て、そこが口で愛撫された。

そういう行為があることはもちろん知っていた。気持ちがいいらしいことも、なんとなくわかっていた。だが実際の快感は、奎斗の乏しい知識なんてはるかに凌駕《りょうが》するものだった。絡みつく舌に、身体中の力が抜ける。中心から溶けていってしまいそうだ。

乾いていたはずの肌は、とっくに汗ばんでいた。乱れた息づかいが、喘ぎ声にまじって静かな室内に響く。

口で扱《しご》かれ、指先で付け根を弄《いじ》られて、奎斗は悶《もだ》えながらシーツに爪を立てた。

「あっ、う、んっ……も、もう……」

限界はすぐそこまできていた。解放を求めるままに奎斗は声を上げる。

なのに賀津は、いく寸前で愛撫をやめてしまった。

どうしてという思いが、懇願するような目になる。涙で潤んだ目で賀津を見つめると、彼はひどく嬉しそうに口もとに笑みを浮かべた。

「まだ、だよ。後ろを、よくしてあげるからね」

「う……しろ……」

鸚鵡《おうむ》返しに呟《つぶや》いたものの、なんのことかはピンときていなかった。

だが俯《うつぶ》せにひっくり返され、腰だけ高くさせられるに至って、後ろの意味に気づかされる。

賀津の手が尻にかかって、いよいよ確信した。

「やっ、待……うそ……っ」

奎斗は前へ這い出そうとするが、賀津がそれを許すはずもなく、両手を後ろで一纏《ひとまと》めにされてしまった。

半泣きで訴えても無駄だった。

「いい子にしてないと、ひどいことをするよ？　死ぬほど恥ずかしいこともね」

覆い被さるようにして囁かれて、びくっと全身が竦《すく》みあがった。

信じられなかった。いまだって両手の自由を奪われ、とんでもない格好をさせられているというのに、ひどいことでも恥ずかしいことでもないらしい。

具体的なことは恐ろしくて考えたくもなかった。

「い……や、です……」

「だったら、言うことを聞いて。一番いいやり方を選んであげるからね」

「先輩……」

「俺が信じられない？」

反射的に奎斗はかぶりを振っていた。誘導尋問だということに気づく日は、きっと来ないだろう。

身を硬くしながらも抵抗をやめると、賀津は手を自由にした。奎斗は両手でピローを握りしめ、必死で恥ずかしさに耐えた。

「ひっ……」

あらぬところに触れられて、声が裏返る。

温かく柔らかなものが、賀津の言う「後ろ」を優しくいじる。無意識に身体を捩って振り返った奎斗は、賀津がしていることを見て声にならない悲鳴を上げた。

触れているものの正体が舌だと知り、パニックどころか思考が止まりそうになる。ありえない。そんなところは人が舐めていいところじゃない。まして賀津がやっていいことじゃなかった。

「いや、ぁ……」

泣き声まじりに吐きだす弱々しい拒絶が、賀津を煽《あお》ることにしかならないなんて、奎斗は考えつきもしなかった。

ぴちゃりと濡れた音がした。とても小さい音だったのに、ひどく大きく響いて聞こえる。羞恥で死ねると思った。

泣くほど恥ずかしいのに、気持ちがいいとも感じてしまう。繊細な舌の動きに翻弄《ほんろう》され、奎斗の唇からはいつしかせつなげな嬌声《きょうせい》しかこぼれなくなっていた。

「ひぁ……っ、ん、や……ん」

舌先がぐっとなかに入りこみ、思わず目を瞠った。

何度も出し入れされて、そこは気持ちよさしか感じなくなる。身体を内側から舐められることがあるなんて考えてもいなかった。

舌に犯され、奎斗は泣きじゃくりながらガクガクと内腿を震わせる。

気が遠くなるほどそこを犯されたあと、ゆっくりと濡らした指が差しいれられた。痛みは感じなかった。いつの間にかローションまで足された奎斗のそこは、ぐしょぐしょに濡れていた。

「う……んっ、や……だぁ……」

舌よりももっと奥まで指は奎斗を犯し、ゆっくりと出たり入ったりを繰り返す。そうして奎斗が少し慣れてくると、指を増やして同じように動かしたり、なかでバラバラに動かしたりと、飽くことなくいじりまわした。

外はまだ明るいというのに、とっくにそんなことは気にならなくなっていた。奎斗は賀津の思うままに喘ぎ、悶えることしかできない。

指先でなかをまさぐられ、ひっと喉《のど》の奥を引っかくような悲鳴が上がった。

なにが起こったかわからなかった。剝《む》きだしの神経に電流でも当てられたんじゃないかと思うほどの強い刺激だった。

だが賀津は一度その場所に触れただけで、なにごともなかったようにまた指を増やす。問うような奎斗の視線は微笑みで流された。

束ねた指をねじこむように突きこまれ、びくびくと腰が跳ね上がる。薄い背中でしなると、賀津は満足げに肩胛骨《けんこうこつ》のあたりにキスをした。

指がすべて引き抜かれ、ほっとする間もなく、濡れそぼったそこに別のものが押しあてられる。

今度はびくんと身が竦んだ。

「ゆっくり、息を吐いて」

賀津は奎斗の腰をつかみ、ゆっくりと自身を進めていく。

「あっ、は……あ、ぁう……」

開かされていく感覚は、指なんかとは比較にならなかった。ひどい痛みはないが、異物感と圧迫感でかなり苦しくて、閉じられない唇からは勝手に声がもれた。

串刺しにされている気分だ。

それでも耐えられないほどではなかったし、賀津がほかのところを愛撫して気を逸《そ》らしてくれるから、奎斗は言われるままに息を吐きだし、余計な力をなんとか逃がした。

「そう……いい子だね」

囁く声がすぐそばで聞こえて、背筋に甘い痺れが走った。

「や……っ……」

無意識に締めつけてしまった奎斗は、自分のなかにあるものを生々しく感じてうろたえる。自分のなかが、賀津でいっぱいだった。

「大丈夫?」

「……は、い」

こくんと頷くと、賀津はしばらく身体を撫でたり、肩にキスを落としたりして、奎斗が落ち着くのを待っていた。

やがて肌の上をすべっていた手が前へとまわり、萎《な》えかけていたところへ絡みついた。

奎斗が喘ぐのと、賀津が動きだすのは同時だった。

引きだされていく感触に鳥肌が立ち、深く突きあげられて声がこぼれる。

熱くて仕方なかった。賀津が動くたびに結合部分からは卑猥《ひわい》な音が聞こえるが、それを恥ずかしいと思う余裕はない。

「ひっ……ぁ」

賀津のものが引き抜かれ、仰向《おあむ》けに戻される。そのときになってようやく、奎斗は賀津が上半身をさらしていることに気づいた。

思っていたよりもたくましい身体だった。やや細身だがしっかりと筋肉がついていて、引き締まった肉体なのだ。

賀津の裸にうろたえているうちに、正面から貫かれた。最初のときよりもずっとたやすく、それは奎斗のなかに入ってきた。

前をゆるりと扱かれて、忘れていた快感が指先まで走る。

手の動きに促《うなが》されるようにして、奎斗の腰が揺れた。痛みを感じなくなるのにそう時間はかからなかった。

「はっ……あ、ん……や……っ」

穿《うが》たれながら前を愛撫され、感覚がおかしくなっていく。

またいきそうになっているのに、賀津は今度もそこから手を離し、胸に指先で触れながら突きあげてきた。

さんざんいじられていた乳首はぷくりと立ったままで、少し強く摘まれると気持ちがよくてたまらなくなる。痛みの寸前の快感だ。

「もっと、イイ顔を見せて」

賀津は奎斗の手を拾い上げて手のひらにキスを落とすと、角度を変えて奎斗を攻めた。

「ひっ、い……やぁ……っ」

びくんと大きくわなないて、奎斗は悲鳴を上げながらのけぞった。

さっき一瞬だけ指で触られた場所だ。そこを何度も突く賀津から逃げようと、無意識に腰を捩ったものの、やはり許してはもらえない。

「あ、あっ、ん、ぁあっ……！」

頭のなかが真っ白な光で埋め尽くされた。

意識が一瞬、飛んでしまう。何度もお預けを食らったせいか、あるいは他人にいかされたせいなのか、絶頂感は味わったことがないほど強いものだった。

自らの腹を濡らすものを気にしてなどいられなかった。

賀津は動きを止めて奎斗の髪を撫でている。その手が気持ちよくて、奎斗はうっすらと目を開けた。

目があって、急に羞恥心が蘇《よみがえ》ってきた。

真っ赤になって慌てて顔を背ける奎斗に、賀津はふっと目を細めた。

「奎斗はいちいち可愛くて困るな……」

こんな状態で会話をしていること自体が恥ずかしいというのに、賀津は頬に手を添えて、微笑むと、するりと指先を首まですべらせた。

「っぁ……ん……」

ひどく敏感になっている。軽く撫でられるだけで、声が抑えられないほど気持ちよくなってしまう。

「まだ終わりじゃないよ」

「んっ、あ……」

今度は深く穿たれて、奎斗はふたたび渦《うず》のなかへと引きこまれる。

賀津は胸にキスしたり、腰や腿に触れたりしながら、なかをかきまわし、揺すりあげるようにして突いてきた。

どこを触られても気持ちがよくて、奎斗はみっともないほど喘いで泣きじゃくった。

「気持ちいい……？」

「あっ、ん……い、い……気持ちい……」

譫言《うわごと》のように呟くと、賀津は満足げに笑みを浮かべた。

「俺もだよ」

耳もとでそう囁いたあと、彼は激しく奎斗を突いた。さっき達したばかりのところを、突きあげるのと同時に扱き、奎斗をふたたび絶頂まで導いていく。

聞こえる声はもう泣き声に近い。

縋《すが》るものを求め、賀津の首に腕を絡めた。のけぞった喉に噛みつくようなキスをされ、奎斗は掠《かす》れた悲鳴を上げる。

深く突きあげられて、ほぼ同時に彼らは達した。

薄れかけた意識のなかで、奎斗は自分のなかに賀津の放ったものがそそがれるのを感じていた。

奎斗はふわふわとした余韻《よいん》に浸りながら、賀津が与えてくれるキスに酔った。どのくらいそうしていたのか、抱きしめられる腕に心地よくまどろんでいると、耳に触れるほど近くで賀津は言った。

「少しは、気持ちいい……って思ってくれたか？」

聞かれるのも恥ずかしかったが、奎斗は小さく頷いた。苦しかったけれども、それ以上に気持ちがよかったのは確かだった。

それに身体を繋ぐ前、かなりの時間をかけて愛撫してくれた。奎斗だけが気持ちのいい時間のほうが、長かったはずなのだ。

「二度とするな、って言われたら、どうしようかと思ったよ」

「そ……そんなこと……」

とっさに否定したのは、自然な流れだった。まさか肯定はできないし、笑い飛ばしたり冗談を返したりも奎斗にはできない。

だがそれこそが賀津の意図したことだと、奎斗は知らなかった。

「それは、よかった」

にっこりと笑う賀津の目に、ぞくんと背筋が震えた。意味はわからないが、よからぬことが起きるのは薄々感じ取れた。

「じゃあ、もう一度しようか」

「……え？　あっ、ん……ぅっ……そ……」

繋がっている部分を指で撫でられ、反射的に賀津を締めつけてしまう。すると奎斗のなかで、ふたたび賀津が力を取り戻していくのがわかった。

「このまま、いけそうだね」

「やっ、ぁ……ん」

奎斗は愕然《がくぜん》とし、つぶさにわかる変化にうろたえた。生々しさに、またもや泣きそうになった。

だがそれも最初だけだ。奎斗はすぐになにも考えられないようにさせられ、賀津の下で気を失うまで泣かされたのだった。


太陽が眩《まぶ》しい。喉や関節が痛み、あまり言いたくない場所が熱を持っているのがわかる。全身は異様に重く、なにかはさまっているような違和感があった。

(知らなかった……セックス、って大変なんだ……)

これほど体力気力ともに削《そ》がれるものだとは思っていなかった。それとも奎斗が慣れないからなのだろうか。

朝起きて、一度トイレに立とうと思ったとき、奎斗は愕然とした。うまく歩けず、立っていることすらつらかったのだ。

結局床を這ってトイレへ行った。賀津はそのとき、ちょうど買いものに出ていたらしく、みっともない姿を見られずにすんだ。奎斗がベッドに戻って間もなく帰ってきて、寝室を覗《のぞ》かれたが、奎斗は寝たふりをしてごまかした。賀津と向きあう心の準備ができていなかったからだ。

それから三十分。奎斗はずっと昨夜のことを考えていた。ほかにも考えなきゃいけないことはあるのだが、昨夜のできごとがあまりに強烈だったから、とてもほかのことが入りこむ余地はなかった。

(死ぬほど恥ずかしくて、つらくて……でも気持ちよくて……)

すべてを賀津に見られてしまった。身体中の至るところ、なかまで見られていじられて、深いところで彼を受けいれた。あんなところで賀津と繋がり、気が遠くなるほど突きあげられて、快楽に蕩《とろ》けていく自分が怖くなった。

繋がっている部分から溶けだして、賀津とまじりあったようなあの感覚――。

(あれはちょっと、嬉しかったけど……)

賀津と一つになれたことに、胸のなかがほっこりと温かくなる。やっていたことは恥ずかしい限りで、痴態《ちたい》の数々を思うと逃げたくもなるのだが、賀津をこの身体で受けとめられたことは嬉しいのだ。

たくさん気持ちよくしてもらって、わずかでも賀津に気持ちよくなってもらえた。

可愛いとかきれいとか、とても奎斗に相応《ふさわ》しいと思えない言葉もたくさんもらった。違和感はあるけれども、賀津に言ってもらえてやはり嬉しかった。

だから朝から身体がつらくても、それはもういいやと思う。

ただし理央にはとても言えない。

ベッドサイドにある携帯電話をしばらくじっと見ていた奎斗だったが、小さく溜め息をついて視線を外した。

いま電話したら、絶対になにか感づかれる。奎斗は隠しごとが得意ではないし、理央はどちらかというと鋭いタイプだ。まして奎斗が相手だと、心でも読んでいるのではないかと疑いたくなるほど的確に心情を酌《く》みとるのだ。

何日かすれば、きっと大丈夫だ。自分からは賀津のことに触れないようにし、もし理央から問われても、キティの件だけに言及すればいい。そちらはむしろ相談に乗ってほしいところなのだ。村居のことを、伝えねばならない。

まとまりの悪い頭でいろいろなことを考えていると、ドアが軽くノックされた。

にわかに緊張感は高まった。本当なら返事をするところだが、いよいよ賀津との対面かと思うとそれどころではなかった。

さすがにもう寝たふりはしないことにする。いずれ顔をあわせなくてはいけないのだからと腹をくくった。奎斗にしてはかなり開き直りが早いほうだ。

現れた賀津は、昨夜のことがなかったかのように涼しげな、いつもの様子だった。

それでも奎斗の緊張はほぐれない。賀津の一挙手一投足を意識してしまい、まっすぐに顔を見ることもかなわなかった。

「おはよう」

「……はよ、ございます」

かろうじて出した声は、ひどく掠れていて、自分でも驚くほどだった。それだけ昨夜、喉を酷使したということだろう。

賀津は労《いたわ》るように苦笑すると、ベッドの端に腰かけた。

「身体はどうかな。喉以外に、どこか痛む？」

「っ……」

奎斗がたじろいでいると、賀身は覗きこむようにして身を近づけた。近い近いと、奎斗の焦《あせ》りはさらに募る。

「言ってくれるね？」

どうしてか、賀津の言葉には逆らいがたいものがある。威圧的でもないし、声を荒げるわけでもない。むしろ表情も口調も穏やかなのに、奎斗を従わせる不思議な力があった。

奎斗はおずおずと口を開いた。

「……関節……」

だが申告は差しさわりのないことだけにした。じくじくと鈍く痛むところは、口にするのも恥ずかしいし、知られるのもいやだった。

なのに賀津は、奎斗のごまかしを許さなかった。

「まだほかにもあるって、顔に書いてあるよ」

「か、書いてませんっ」

「そう？　だったら、確かめてみようか」

夏掛け布団をバッと剝ぎ取られ、身に着けているパジャマのズボンに手をかけられた。はっとして手を押さえるものの、力で敵《かな》う相手ではない。

「な、なにするんですか……っ」

「切れてはいなかったけど、赤くなっていたからね。ここ」

脚のあいだ——奥深いところに指先がするりと触れ、奎斗は大げさなほどに身体を震わせた。あやうく声が出てしまうところだった。

やはりいやじゃない。痛くもない。布越しでもちょっとだけ気持ちがいいから困るのだ。

奎斗は慌てて剝ぎ取られた布団を胸もとまで引きあげた。

「み、みっ……見たんですかっ？」

「見たよ。いまさらだろう？　見るどころか、舐めたよ」

「ぎゃーっ、言わないでください！」

「覚えてないみたいだな。風呂に入れたのも、身体を洗ったのも俺以外にありえないだろう。ああ、なかのものはちゃんと搔《か》きだしておいたからね」

「っ……！」

声にならない悲鳴というのはこういうことを言うらしい。頭のなかでは思いきり叫んでいたが、まったく外へは出なかった。

想像したくないのに、してしまった。なかば朦朧《もうろう》とした、あるいは完全に意識のない奎斗を、懇切丁寧に洗う賀津の姿は、たとえ想像の上でも強烈なものがある。

横になっているのにくらくらした。顔は真っ赤だった。

「す、すすすみませんっ」

「どうして謝るのかな。無理させたのは俺だよ。奎斗は初めてなのに、あんまり可愛くて止まらなかった。すまなかったね」

奎斗は身体を小さく丸め、恥ずかしさに耐えた。

大きな手が、髪に触れてさらりと撫でてくる。小さな子供にするような行為なのに、賀津がやるとそう感じない。どことなく艶《つや》っぽいのだ。

少し気持ちが落ち着き、そろりと視線を賀津に向けた。

見ているこちらが照れてしまうほど、賀津は優しげな顔をしていた。昨夜の強引さや、容赦のなさが信じられないほどだ。

「……先輩」

「うん？」

「なんで……俺に、あんなこと……」

恋人なわけじゃない。そもそも告白なんてされていない。なのに賀津はあんなにも奎斗を求め、奎斗も複雑な思いはあったが受けいれてしまった。

　後悔はしていないが、晴れやかな気分とも言えなかった。

「言っただろう？　俺は奎斗が欲しかったんだよ。いまだって、もっと欲しい……って思ってるよ」

「だ……だから、なんで……？」

「どういう意味？」

「だって、太智ってかなり可愛いし、一番近くにいるんだし……なにも俺なんか……」

　太智は可愛いし、奎斗と違って愛嬌《あいきょう》があるし、賀津だってかなり気に入っているはずだ。手近ですませるならば、もっと早くに太智を相手にしていても不思議ではない。

　そこまで考えて奎斗ははっとした。

「ま……まさか、太智も……」

「それはない」

　間髪《かんはつ》を入れず、きっぱりと返された。まだ続くはずだった奎斗の言葉がそれきりになるほど、強い語調だった。

　賀津は呆《あき》れたように溜《た》め息《いき》をついた。

「太智のことは、従兄弟《いとこ》としか思えないな。確かに可愛い……かもしれないが、好みでもないしね」

「でも……」

「俺の好みは、奎斗なんだよ」

面と向かって断言されると恥ずかしい。奎斗は目を逸らしながら、残った疑念を口にした。

「お……俺みたいなのがいいんですか……？」

「みたいな、じゃなくて、奎斗がいいんだ。可愛いと言うなら、奎斗のほうが可愛いよ。見た目もだけど、中身が特にね」

「そんなわけな……」

「じゃあ、好きなところを挙げていこうか。まず見た目から」

「は……？」

奎斗は流れについて行けず唖然《あぜん》としたが、賀津はかまうことなく、頬に手を添え、笑みを深くした。

「この顔。派手さはないけど、そこがいいんだ。文句なく、きれいに整ってるし、ちょっと甘めで、俺好みだよ」

それから賀津の手は、頬から首、胸へと下りて、ちょうど心臓のあたりで止まった。

「身体もきれいだ。しなやかで、細いけど痩《や》せすぎってわけじゃないし、女性みたいな柔らかさはなくても、ごついわけでもガチガチに硬いわけでもない。理想的だな」

「う……」

「おまけに敏感で、反応がいい。乱れてるときの顔も、たまらなかったよ。声もね、可愛くて色っぽかった」

「ううっ……」

奎斗はうっすらと目に涙を浮かべる。恥ずかしくても気持ちがよすぎても涙が出てくることは昨日知ったが、まさか翌日まで泣かされるはめになるとは思わなかった。

賀津にしてみたら褒め言葉なのだろうが、奎斗にしてみればたまったものではなかった。

これが羞恥プレイというやつかと、身をもって実感した。

「あとは性格。素直でちょっと抜けてて、可愛いよ。ときどき挙動不審なのも、小動物的でたまらないね」

「も、やめ……」

「相性も、抜群だったしね。身体の」

腰のあたりを撫でられ、奎斗は真っ赤になった。布団の厚みがあるから、触られても感じるわけではないが、言われたことが問題だった。

「かなり気持ちよさそうだったから、俺としてもほっとしてるよ。やっぱり俺との相性がいいのかもしれないね」

涙をいっぱいに浮かべて小さく唸っていると、ぽんぽんと頭を軽く叩かれた。

「……賀津先輩って、意地悪なんだか優しいんだか、わかんない……」

「両方正解。ただし、優しいのは奎斗にだけだよ。奎斗じゃなかったら、とっくに自分の好奇心を満たしてた」

またも言葉に詰まるようなことを言われた。

賀津がキティの正体に気づいていることは確実だ。だが決定的なことは言わない。ときおりこうして匂わせる程度だった。

奎斗の反応を窺《うかが》っているのだろうか。もしかして奎斗は、賀津の研究の対象となってしまったのだろうか。

こくりと喉を鳴らし、奎斗は決意をもって顔を上げた。

「あの……」

「ん？」

「一つだけ、訊いていいですか」

「うん」

「賀津先輩は、彼女……キティを捜しだして、どうするんですか？　好奇心を満たす、ってどういうことですか？」

奎斗があんなことをした理由や、当時の精神状態などまで調べるつもりだろうか。そしてそれを、公《おおやけ》にするのだろうか。

だが賀津は軽くかぶりを振った。

「どうもしないよ」

「え？」

「俺は知りたいだけなんだ。なにがあったのか、突きとめたい。だから彼女の行動や背景に興味はあっても、彼女自身をどうこうしたいとは思わない。もし見つけたとしても、彼女の生活を脅《おびや》かすような真似はしないよ。公表もしない」

あくまで学者としての興味だと賀津は言った。

すとんと腑《ふ》に落ちて、奎斗の肩から力が抜ける。髪に絡んだ指はそのままに、賀津が顔を寄せてきた。

「もちろん、村居に教えてやる気もね。だから、心配しなくていい」

「……気づいて……ますよね」

「ああ」

賀津は大きく頷いた。その表情はさっきまでとまったく変わらなかった。

「いつから……？」

「キティの話になった日だよ。反応が変だったから、なにかあると思ってね。試しに奎斗の写真にCGで化粧やかつらを足したら、キティになったし」

「写真？　え、なんで、いつ？」

「もちろん隠し撮り。君が太智と話してるときにね」

奎斗は口をぱくぱくと動かすことしかできなかった。気づかない自分を嘆くより、賀津の抜け目のなさに絶句するところだろう。

なにをどうしても賀津には敵いそうもない。

「いつ切りだしてくるかと、待ってたんだよ。まぁ、長引いたら長引いたで、怯《おび》える奎斗が可愛いからいいかと思ってたけどね」

「…………」

「どうしてキティが生まれたのか、聞かせてくれないか」

いろいろと突っこみたいことはあったが、とりあえず問われるままに答えていくことにした。途中までは以前話した通りだから、奎斗が思いつめて闇討ちを仕掛けようとしたあたりから始めた。

一通り聞き終えるまで、賀津はほとんど口を挟まなかった。相づちを打ったり、ときおり効果的な問いかけをするくらいだった。

「なるほどね」

「そんな大層な背景じゃないですから……」

どこにでもいる中学生が、精神的に少し追いつめられて切れた……というだけの話だ。それが理央による派手な演出のせいで、人の噂に上りやすくなっただけだった。

「……ところで、質問をいいかな」

「あ、はい」

「その幼なじみというのは、いまどこに？」

「アメリカです。ボストンに留学してて」

「ああ……前に電話してた？」

「そうです」

こくこくと頷く奎斗を、賀津はじっと見つめている。

まるで観察でもされているような気分だ。もしかしてそれは気のせいではなく、やはり研究対象として見ているということではないだろうか。

思いきってそれを問いかけようとしたとき、急に賀津が小さく舌打ちをした。それから忌《いま》々《いま》しそうな呟きが続く。

「もう帰ってきたのか」

「え……太智……？」

問いかけに対して軽く頷いた賀津は、仕方なさそうに嘆息してから、最後に奎斗の頬を撫でて立ちあがった。

「起きられるなら、おいで。ブランチの用意ができてる。無理なら。持ってくるよ」

「だ……大丈夫です」

たぶん、と心のなかで続け、奎斗は賀津を見送った。

ドアが閉まると、自然と溜め息が出た。せっかく勇気を出して尋《たず》ねようとしていたのに、水を差されてしまった。太智に罪はないが、タイミングの悪さを嘆きたくなる。

「仕方ない」

大きく頷き、上体を起こす。試しに床に足をつけ、そろりと立ちあがってみると、さっきよりも楽に立ちあがることができた。それでも慎重に、足を一歩前へ踏みだしたとき、いきなりドアが開いて太智が飛びこんできた。

「………」

奎斗が無言で見つめていると、太智はいきなり頭を抱えた。

「うわあぁ……」

なぜか絶望的な声が上がった。眉をハの字にして奎斗を見つめ、太智は情けない表情で奎斗を見つめた。

「奎斗が穢《けが》された！」

「え……俺、穢れてんの？」

思わず返すと、太智は慌てて大きくかぶりを振った。

「いや、そうじゃなくてっ」

「だっていま」

「違う、違う。ごめん、いまのは、えーと……あれ……つまり、奎斗が食われちゃった、って言いたかったの！　どうしよう、どうしよう。やっぱそうだったんだ。いきなり実家にお使いとか、そういうことだったんだ！　うわー、ヤバイ。ごめん！　俺がこーちゃんに引きあわせたばっかりに！」

太智は一人で大騒ぎだ。青くなったり赤くなったりしながら、おろおろと意味もなく手を動かしている。

とてもじゃないが奎斗は口を挟めない。動揺が激しくて挙動不審の域に達している同居人を見つめているうちに、すっかり頭のなかは冷静になっていた。賀津にバラして、すっきりしたせいかもしれない。

「あの……さ、太智」

「はいっ」

なぜか太智は背筋をしゃんと伸ばし、身体にぴったりと腕をつけた。ようするに気をつけ、の格好だ。

「別に謝ることないよ」

「え……でも、しちゃった……んだよな？」

「……したけど」

さすがに顔は上げていられず、耳まで真っ赤になってしまった。いまだ昨夜の記憶は生々しいし、抱かれてしまったことを第三者に知られ、問われることは、恥ずかしくて仕方ないことだった。

悠長《ゆうちょう》に恥ずかしがっていられるのは、太智が男同士という部分をまったく気にしていないからだ。それは大きな問題ではないらしい。

「同意……なんだ？」

「なんで意外そうなの」

太智が賀津のことをどう考えているか、疑問が生じる質問だった。

奎斗は返答に困ってしまう。確かに同意とは言いがたかったが、レイプでもない。遠まわしに身動きが取れなくなるようなことは言われたものの、脅《おど》したというほどでもなかった。

なにより奎斗は傷ついていないし後悔もしていないのだ。

「あのね、太智には感謝だよ」

「は……え？」

「賀津先輩に会えて、よかったたって思うし」

なにを考えているのかよくわからないし、奎斗のことも観察対象として見ているだけかもしれないが、気に入ってくれていることは確かで、優しくしてくれるのも親切にしてくれるのも事実だ。

顔が好きとは言われたが、奎斗自身が好きだとは言われていない。欲しいという気持ちは、恋愛感情がなくても成立するだろうし、そういう感情なしにセックスをする関係があることも知っている。

「まさか……賀津先輩のこと、好きなの？」

「わかんない」

自分の気持ちが、奎斗にはよくわからないのだ。奎斗を振りまわすだけ振りまわしている賀津の気持ちよりも、ずっとわからない。

太智はしばらく奎斗を見つめていたが、やがて大げさなほど深い溜め息をついた。

「まぁ……とりあえず、メシ食お」

「うん」

奎斗はゆっくりと、一歩一歩を踏みしめるようにして、太智のあとをついていった。

あれ以来、賀津はさらに人目を憚《はばか》らなくなった。

もちろん外ではある程度セーブしているが、一緒にいるのが太智だけとなれば遠慮はなく、肩を抱いたり挨拶《あいさつ》代わりのキスは当たり前で、ときには奎斗を膝に乗せたりディープキスをしたりする。

最初は真っ赤になってじたばたしていたが、三日もたつ頃には慣れてしまい、いまではされたあとに軽い抗議をする程度になった。太智は最初からなにも言わないが、気のせいか遠い目をしたり、もの言いたげに奎斗を見つめたりする。

「あー……ちょっとゲームしてくる。えーと……おやすみ」

「あ、うん。おやすみ」

賀津に肩を抱かれたままテレビを見ていた奎斗は、ひらりと手を振って太智を視線で追う。だがすぐに、賀津のほうへ顔を戻された。

「太智がどうかしたのか？」

「い、いえ……なんとなく……」

唐突な印象が拭《ぬぐ》えず、太智の態度もそそくさとしたものだったから、少し気になっただけだった。

理由は賀津が視線のみで命じたためだが、もちろん奎斗の知るところではなかった。

太智が自室へ行ってしまうと、賀津の触り方は大胆になった。腿の上に置かれた手が、あやしい動きを始めたのだ。

「あ、あのっ」

「俺たちも部屋に行こうか」

当然のように誘われるが、奎斗は頷けなかった。

あれからもう何度も、奎斗は賀津と肌をあわせている。まだ五日しかたっていないというのに、しなかったのは最初に抱かれた日の翌日だけだった。

どうして抱くのかという問いかけはいまだにできていない。なにも聞かないまま、身体だけがどんどん慣れてきて、日を追うごとに気持ちよくなってくるから困る。そして相変わらず、賀津にされるのはいやじゃなかった。

「すみません。今日あたり、電話が来るんです」

「……例の幼なじみ？」

「はい」

「そう。なら、仕方ないね。じゃあ終わったら来て。待ってるから」

行くことはもう決定しているらしく、有無を言わせぬ口調だった。電話を終えても行かずにいたら、迎えに来そうな気配を感じた。

頷いて、奎斗は自室に戻った。

今日と決まっているわけではないのだが、そこは経験がものをいう。部屋に戻ってほんの五分後、携帯電話には理央の名が表示された。

「おはよ、理央」

向こうは朝だから、奎斗はそう言った。

『おはよう。その後、どう？』

ざっくりとした質問の仕方だが、理央が尋ねたいのはもちろんキティ関係のことだろう。

いきなり本題が来たと、奎斗は携帯電話をきつく握りしめた。

「あの、さ……それが、バレちゃって……」

『……誰に』

声が低くなった。奎斗の調子が深刻なものではないので、理央もあわてふためいたりはしなかった。

「賀津先輩に。太智はまだだと思う」

『それで？　先輩は、なんだって？』

「別に。個人的な興味だから、どうこうする気はないんだって。なんか心配して損したって感じ」

『ふーん。それはいいけど、なんですぐ電話してこなかったの？』

「う……」

鋭い突っこみに、奎斗はかなり焦った。そうだ、普段の奎斗ならば、その日のうちに報告をしただろう。

『奎斗だったら、すぐかけてきそうだけどね』

「そっ……それは、ええと……平和的っていうか、バレても問題がなかったからで……」

『うん、だったらなおさら、喜んで報告してくるはずだよね？』

言い訳は通じない。理央は奎斗のことを、おそらく奎斗以上によく知っている。特に行動パターンについては完璧に把握し、予想をつけられるだろう。

通じないとわかっていても正直に言うわけにはいかず、奎斗は無駄に足掻《あが》いてみた。

「ちょっと、あの……忙しくて」

『先輩とやらにこき使われてるとか？』

「ち、違……」

『賀津、だっけ？　どうなの、その男って』

「ど、ど、どうって？」

『奎斗、どもりすぎ』

声の調子はほとんど変わらないが、不審を持たれてしまったことはわかる。賀津の名を出され、思わず反応してしまったのがまずかった。

焦っているうちに、ふーんという声が聞こえた。

『なんか、あった？』

「なにも！」

『そんなに気合入れて否定しなくても、いいんじゃないかなぁ……。そうか、賀津って男となにかあったんだ』

「ないってば……！」

『それが僕に通用するとでも？』

うっすらと笑いながら言っているらしい。奎斗には電話の向こうの光景が見えるようだった。きっと造りもののような顔で笑っているはずだ。

もちろん奎斗は通用するなんて思ってない。だが抗《あらが》うこともやめられなかった。

『許せないなぁ、奎斗を強姦するなんて』

「強姦じゃないってば！」

『同意なの？』

「う、うん、まぁ……」

思わず返事をしてしまってから、奎斗ははっと息を呑んだ。

『そう……やっぱり、したの』

「い、いや、そうじゃなくてっ！」

『うん、もう遅いから。いまさら否定しても無駄。あー、そうか。やっぱり賀津って男としちゃったんだ。なんか、いやな予感してたんだよねぇ』

「や、あのっ……えっと」

『まぁ、奎斗が好きっていうなら仕方ないけど……いや、やっぱちょっとすっきりしないな。娘を取られた父親の気分？』

奎斗は口を挟むこともできず、つらつらと淀《よど》みなく出てくる理央の言葉に慌てふためくしかなかった。

けっして責める口調ではないのだが、肯定的でもない。ひしひしと理央の不満が伝わってきた。

『で、いつの間にそんな気持ちになってたの？　初恋のときはわかったのに、今回は気づかなかったなぁ』

「そ……そんな古い話……」

小学校のときの話を持ち出されても戸惑うばかりだ。

奎斗の初恋の相手は、理央の同級生だ。奎斗が理央の家へ遊びに行ったとき、たまたま家が近かった彼女に会って一目惚れしてしまったのだ。六歳上の彼女は、当時高校一年生で、大人っぽい美人だった。

『ま、目の前で見てたのと、電話で聞いてただけじゃ、全然違うか』

「う、うん」

さすがに詳しい話はしたくなかった。身体の関係はしっかりあるのに、奎斗たちは恋人同士ではないのだ。それどころか、奎斗は賀津に恋心を抱いていない。もちろん人として好きだが、それが同性に抱かれる理由にならないことは奎斗だって承知している。

どうして拒《こば》めないのか、考えると奎斗は深みにはまってしまう。賀津から求められると、奎斗は絶対に最後まで拒めないのだ。たとえ最初のうちは無駄な足掻きをしていても、結局はあられもない声を上げて痴態を晒《さら》し、あまつさえ賀津に抱きついたりしてしまう。

それだけ快楽に弱いということなのだろうか。それとも奎斗は自分が思っていたよりも、貞操観念や倫理観が緩いのだろうか。

こんなことは、とても理央には言えない。軽蔑《けいべつ》されたくなかった。

『奎斗に、彼氏ねぇ……』

「かっ、彼氏？」

『だろ？　そいつの、どこが好きなの』

「ど……こ、って……えっと……優しい、し……格好いいし。あと……すごく甘やかしてくれるし……」

実際そこは好きなところなので、嘘を言う必要はなかった。先輩としての好意も、そもそもはそれらだった。少し意地悪なところは黙っていることにする。理央に不信感を抱かせたくはなかったからだ。

『ああ……奎斗って、昔からほんと弱いよね。甘やかしてくれる年上って、すぐ懐いちゃうもんね。しかもさ、甘やかしつつも、ぐいぐい引っ張ってくタイプね。賀津って男は、そうなんでしょ？』

「……うん」

確かにその通りだ。引っ張っていくどころか、随所で強引さを発揮してくれるが、それもまた奎斗は嫌いではないのだ。

『ま、ここまでよく食われないできた、って思うべきかもね』

大きな溜め息とともに、理央は納得したようだ。

今度、賀津の写真を送れと言い残し、それから間もなく理央は電話を切った。そろそろ出かける時間のようだった。

奎斗はほっと息をつく。

「なんとかクリア……」

これで一週間はごまかせる。賀津の写真は、頼めば撮らせてくれるだろう。理央に送るということは、言わないほうがいいかもしれないが。

気が抜けてベッドでごろごろしているうちに、気づけばうとうとしていた。

ドアが軽くノックされ、奎斗はぱちっと目を開く。

「あ……は、はいっ」

急いで飛び起き、時計を見た。電話を終えてから、一時間近くたっていたことに愕然としてしまう。

部屋に入ってきた賀津は、奎斗の顔を見てくすりと笑った。

「寝てたのか」

「ご、ごめんなさいっ」

「いや、疲れてるんだろう？　今日は、一緒に寝るだけにしよう」

頭を撫でられて、奎斗はほっとしながら目を細めた。

賀津に頭を撫でられるのは好きだ。子供みたいだと思わないこともないが、嬉しい気持ちのほうが勝っているのだから仕方ない。

強引なばかりではなく、ときにはこんなふうに引いてくれる賀津に、奎斗の胸はほっこりとする。

「泊まっていってもいい？」

「はい」

普段と比べたらかなり早い時間だが、たぶんすぐに眠るつもりはないのだろう。賀津はベッドに入ると、奎斗を腕に抱きながら髪や頬を撫で始めた。

「電話は終わったのか？」

「あ、はい。わりとすぐ終わったんですけど、寝ちゃって……」

「俺とのことは言ったの？」

「えっと、俺の様子がどっか変だったみたいで、感づかれちゃったというか。鎌《かま》かけられて、引っかかっちゃったというか」

「奎斗らしいな」

「うう……どうせ迂闊《うかつ》ですよ」

そのあたりは充分すぎるほど自覚があった。だが自覚があるからといって、そうそう改善されるものでもないのだ。本人は気をつけているつもりでも、傍《はた》から見れば隙《すき》だらけでいくらでも突《つ》きようがあるらしい。理央がそう言っていた。

「で、なんて言ってた？」

「最初はぶつぶつ言ってましたけど、一応納得したみたいでした。あ、でも変なことも言ってたな」

「変なこと？」

「娘を取られた父親みたいとか」

なんで娘、と思ったが、賀津に抱かれている身だと思いだし、口を噤《つぐ》んだ。この立場は嫁と言えても婿《むこ》とは言えまい。

「へぇ」

賀津の機嫌は悪くないようで、声には笑みが含まれていた。父親というたとえがおもしろかったのかもしれない。

撫でられているうちにまた眠くなってきて、まぶたが徐々に落ちていく。

「おやすみ」

囁くような声を聞きながら、奎斗の意識はすうっと深く沈みこんでいった。


大きな変化もない日常が続いていた。

取材に出かけ、村居に会い、賀津に抱かれて正体がバレた密度の濃いあの週末。あれから二週間ほどたって、また週末がやってきた。

賀津との関係は相変わらずだ。毎日ではないが、求められればセックスしているし、どういうつもりなのか賀津はいっさい言わない。奎斗もまた質問していなかった。何度もしようと思っては挫折《ざせつ》し、そのうちに確かめようと思わなくなってしまったのだ。

(これって、もしかしてセフレ状態……なのかなぁ……)

恋人でもないのに何度も寝ているのだから、セックスフレンドだと言われても否定しにくい。だが奎斗と賀津の関係は、セックスだけでもないのだ。賀津は奎斗をとても大事にしてくれるし、強く求めてくれるし、もう一人の同居人である太智を外して二人で食事や遊びに出かけたりもする。それはまるでデートで、甘い雰囲気が漂っているのが奎斗自身にすらわかるほどだ。

まるで恋人同士のように付きあいつつも、奎斗たちは互いに告白をしていない。告白どころか、奎斗には恋愛感情もない。

こんな不自然な関係がいつまで続くかはわからないが、できれば少しでも長く賀津といたいと思ってしまう。

賀津が奎斗を求める理由なんて、なんでもいいとさえ思えた。それにもし賀津が恋愛感情を抱いていたら、と考えると、確かめるのは怖くなった。奎斗には同じ気持ちが返せないからだ。もしそうだったら、奎斗は関係を終わらせるつもりでいた。

(このままが、いいなぁ……)

大教室の後ろのほうの席でぼんやりしながら、奎斗は講義が終わるのを待っていた。そろそろ終わりが近いのだが、講師の雑談がちっとも終わらず、時計ばかり見てしまう。

いつもは太智が隣にいるのだが、今日はアルバイトの面接へ行くと言い、奎斗に出席カードを頼んで帰っていった。

それから五分ほど待って、ようやく学生たちは講師の長い自慢話から解放された。終わりの声が響いたときは、教室中が一つになった気がした。

(肉はあるから、買うのは牛乳とキャベツ。あ、確かみりんとマヨネーズもなくなりそうだっけ……あと長ネギか)

口のなかでぶつぶつと呟きながらキャンパスをあとにし、スーパーへ向かって歩いていく。だが百メートルも歩かないうちに、後ろからぽんと肩を叩かれた。

「よお」

振り返った途端、奎斗は飛び上がりそうになった。

威圧感たっぷりに立っていたのは、この世で一番会いたくない男だった。人違いや幻覚だと信じたかった。

「で、でで出たっ！」

声が裏返り、一瞬で顔から血の気が引く。村居の登場に、奎斗はまたもや軽くパニック状態に陥《おちい》った。

「人を化けもんみたいに言うんじゃねぇよ」

腹立たしそうに呟いてはいるが、殺気のようなものはなかった。とりあえず、いますぐ殴りかかってくるような雰囲気ではない。

だからといって安心などできるはずもなかった。村居は奎斗にとって、もっとも注意すべき人物なのだ。

逃げたいのに、足が動かない。そもそも走って逃げたところで、すぐに捕《つか》まるという確信があった。

先日より近い距離で村居と対峙《たいじ》し、あらためて奎斗は確信した。

まったく勝てる気がしない。いまはブランクがあるから当然だが、四年前だってまともにやりあったら到底敵わなかっただろう。

「訊きたいことがある」

「し、知りませんっ」

「まだ訊いてねぇだろうが」

思わずといったように村居は笑った。

笑うと印象が一変した。怖いほどの威圧感は薄れ、鋭い目つきも少しだけ和らいで、人なつっこい青年といった感じになる。

だが安心なんてできなかった。彼の経歴と、寸前まで見せていた粗暴な態度、なにより四年前の姿がちらついて、奎斗の顔は強《こわ》ばったままだった。

村居は観察するように、じっと奎斗を見すえていた。もう笑みはないが、かといって不機嫌そうでもないし、怒っているわけでもなさそうだ。強《し》いて言えばきわめてフラットな状態らしい。

「あのさ……」

なのに奎斗は怖くて仕方なかった。ぶるぶると手が震え、目が潤んでくるのがわかった。

「はいっ」

「別に殴ったりしねぇし、金巻き上げようとかいうんじゃねぇから、泣くなよ。訊きたいことあるだけだって言ったろ？」

「す、みません」

「調査の結果」

「は……？」

唐突に突きつけられた言葉に、奎斗はきょとんとした。

「おまえ、滉佑《こうすけ》の……賀津の調査につきあってたろ」

わざわざそれを訊くために、待ち伏せしていたらしい。やはりあのとき、顔を覚えられてしまったのだ。

奎斗は心のなかで、太智のバカと叫んだ。ミステリ研の後輩だと踏んだのだろう。年格好から大学――アルバイトの面接さえなければ、いまこうして村居と対峙しているのは二人だったはずなのだ。

「なんかわかったなら、教えろよ」

「な……なにも、ないです……」

「へぇ？　そのわりに、賀津の野郎は挑発的だったけど？」

確かにそうだった。奎斗はてっきりいつもそうなのだと思っていたが、村居に足を運ばせるほど違っていたようだ。

いまにして思えば、あれは腕のなかに村居の探し人がいるからこその揶揄《やゆ》だったのだ。

奎斗は目を泳がせた。

「まぁ、いいや。ちょっとつきあえよ」

腕をつかまれてびくっと竦みあがった。喉の奥からかすかな悲鳴が上がった。

必死でふるふると首を横に振るが、まるで視界に入っていないような態度で村居は歩きだした。引きずられるようにして奎斗は引っ張っていかれた。あれほど動かなかった足は、嘘のように前へ進んだ。

「乗れ」

脇道に路上駐車してあったバイクを見せられ、奎斗は大きく目を瞠る。それから壊れたようにかぶりを振った。

とんでもない話だ。乗せられたら、どこへ連れていかれるかわかったものではない。

「おとなしく乗れば、手荒なまねはしねぇ」

村居は声を荒げることなく、ただ鋭いまなざしで奎斗を見る。それだけで脅されているような気持ちになった。

つかまれた腕は、いくら振りほどこうとしても放してもらえない。痛いほどではないのだが、引きはがすこともできなかった。

「そんなにいやなら本気で逃げてみろよ、京野《きょうの》奎斗」

「な……」

奎斗は驚きと恐怖に目を瞠った。そう、恐怖だった。ただの待ち伏せなら、大学近くで張

りこんでいた、ですむが、名指しされたらそうはいかない。なんらかの方法で調べたということだ。

そこにはどんな意図があるのか。考えただけで震えが来そうだった。

「どーしてもいやだってなら……」

目の前でぷらぷらと振られているのは、見覚えのある携帯電話だ。深いブルーの電話で、理央の母親がどこかの島で買ってきてくれた杉のストラップがついている。

間違いなく奎斗のものだ。バッグのポケットに入れていたはずなのに、いつの間にか取られていた。まるでスリみたいだった。

「返して欲しかったら、乗れよ」

「か、返せっ……あ、返して……ください」

視線が合った途端に萎縮して、つい尻つぼみになった。

村居は無視して奎斗の腕を放し、バイクにくくりつけていたヘルメットをかぶった。そしてもう一つを奎斗に投げて寄越す。

「わわっ……」

慌ててキャッチしている間に、村居はバイクにまたがり、スタンドを外してエンジンまでかけてしまった。

振り返った彼は、シールドを上げて言った。

「メットと交換でもいいぜ。ま、その場合、ゆっくり中身を見せてもらうけどな」

「ちょっ……」

メールではまずいやりとりはないはずだ。そのはずだが、そう言われてしまうと途端に自信がなくなった。もしかしたら、一回くらいはそれらしいことを打って送ってしまったかもしれない。

立ちつくしていると、ぐいっと手を引っ張られた。

「来いよ」

さらに手を引っ張られ、バイクがより近くなった。携帯電話はすでに村居の手になく、どこかのポケットに入れられてしまったらしい。

なんとしても取り返さねば。実力行使では敵わないが、走行中だったら村居の動きも制限されるはずだ。

奎斗は意を決してヘルメットをかぶり、顎紐《あごひも》を留めた。ヘルメットをかぶるのは約四年ぶりだった。もちろんバイクに乗るのもだ。

理央に乗せてもらったものとは車種は違うが、極端な差はなさそうだった。奎斗はタンデムシートにまたがり、村居と自分のあいだに肩掛けのバッグを挟む形で、そうっと手を村居の腰にまわした。乗れと言ったのは村居なのだから、まさかつかまるなとは言うまいと思ったし、実際にそうだった。そしてもう一方の手はタンデムグリップをつかんだ。

そうやって奎斗がポジションを決めると、すぐにバイクは走りだした。

覚悟していたより、ずっと安全運転だった。当時のイメージがあるので、危険運転をしそうな気がしてしまうのだが、考えてみればいま走っているのは車通りの多い道だし、真っ昼間だ。なにより村居自身が二十歳を過ぎて、当時とは違うということなのだろう。

四年ぶりのバイクはやはり気持ちがよかった。あの頃、本番で乗ったのは三回だけだったが、何度も理央と練習で走っていたのだ。

走ったのはほんの十分程度だった。てっきり人気のないところだろうと思っていたのに、村居がバイクを止めたのは、意外にも親子連れや犬を散歩する人たちでにぎわう公園沿いの道だった。

エンジンを止め、スタンドをかけて村居はバイクから下りた。だがどこへ行くわけでもなくガードレールにもたれた。道幅はそうないが、車通りが少ないので、通行の邪魔にはならないようだ。

奎斗もバイクから下り、所在なげに突っ立っていた。

車はたまにしか来ないが、公園には人が大勢いる。こんな場所で村居が下手なまねをするとは思えなかった。あるいはその意思を奎斗に示すための場所選びだったのかもしれない。わざわざバイクに乗せた意味があるのかは疑問だが。

「ニケツ、慣れてるな」

ヘルメットを取った村居に指摘され、奎斗は息を呑んだ。

自分の迂闊さに泣きたくなる。タンデム慣れしているなんて、できれば知られたくないことだった。まさかその程度で奎斗とキティを結びつけたりはしないだろうが、用心するに越したことはないのだ。

まだ大丈夫。こんなことではバレない。

固まりつつも、心のなかでなんとか自分に言い聞かせていると、村居はにやりと目を細めて笑った。

「久しぶり、だな。キティ」

「…………」

瞬間、奎斗は完全に固まった。息を呑むとか悲鳴を上げるとか、もはやそんな段階ではなかった。

それから村居は奎斗のヘルメットのシールドを上げて顔を見つめ、満足そうに頷いた。

「間違いない。やっぱ、おまえだ」

奎斗の思考停止は、村居によってヘルメットを取られるまで続いた。

倒れそうになるのを必死で踏ん張って耐え、俯《うつむ》いて両手を身体の横できつく握りしめた。

怖くて怖くて仕方なかった。

村居はしばらく奎斗の様子を眺め、やがて大きな溜め息をついた。

「キティんときと違いすぎて、正直面食らってんだけど」

そんなものは知ったことではなかった。違いすぎるというならば、いっそ別人だと思ってくれればいいのに、それでも村居は同一人物であることは疑っていない。

ようやくここへ来て、なぜわかったのかという疑問を抱いた。確かに奎斗から探っていけば、いくつかの不審点は出てくるだろう。かつての居住地しかり、ハーフの幼なじみの存在しかり。だがそれだけのはずだ。ほかの証拠は物理的にも状況的にも、いまさら出てくるはずはない。

奎斗がキティとなった三日間は、いずれも理央のマンションに泊まっていた。当時すでに彼は一人暮らしをしていたのだ。そして変装をするのも解くのも常に車中で行い、現場から十数キロ離れていたマンションへも直接戻ったことはなかった。

「キティんときは、ほとんど無表情だったよな。マジで人形みたいで、冷てー感じだったけどよ……なんか、おまえって……」

言いかけた言葉を村居は呑みこんだ。キティと奎斗のギャップには、彼なりに困惑しているようだ。

冷静な態度なのは、どこかで同一人物だという確認が持てないからだろうか。だとしたら、認めた途端に報復されてしまうんだろうか。いや、ここではしないだろう。人目がありすぎるから、また移動するのかもしれない。村居一人でも怖いのに、当時の仲間たちを呼んでいたらどうしよう。

悪い考えばかりが先走って、奎斗の顔色はどんどん悪くなっていく。握りしめた手が小刻みに震えだすのを見て、村居はぎょっと目を瞠った。

「……おい、大丈夫か？」

「ひゃい……？」

口がうまく動かなくて、裏返った変な声になってしまう。すると村居は唖然としたあと、ぷっと吹きだした。

「なんだおまえ、それ。なんつーか……ビビりすぎで笑える。そっちが素なのか？　性格変わったとかじゃねぇんだな？」

奎斗は問われるままに何度も頷いた。

もともと高圧的な話し方ではなかった村居だが、さらに穏やかな言い方になった。まるで迷子の子供を相手にしているようだ。

「だったら、あんときはなんだったんだ？」

ガードレールに座れと言われ、公園のほうを向いて並んで座った。人がもう一人あいだに座れる程度の距離を取った。

喉がからからになっていて、しゃべる前に唾《つば》を飲み込んだ。それから深めの呼吸を繰り返し、当時の家のことから話し始めた。

「毎日、ジェイドが家の前走ってて……それで、ちょっと精神的に……。だから自分でも、当時の記憶って曖昧《あいまい》で……」

「もう一人の男に唆《そそのか》されたんじゃねぇのか？」

「ちがっ……」

「あいつとはどういう関係なんだ？　いまはどこにいんだ？」

「理……あの人は、幼なじみで……いまは留学中……。手伝ってくれたんだ。俺が、なにも考えないで突っこんでいこうとしてたから……」

「ふーん。まぁ、放っちゃおけねぇよな」

手ひどくやられた側だというのに、村居は冷静だった。痛い目を見ただけでなく、プライドも激しく傷つけられたはずなのに、恨みつらみを窺わせることもない。

本当にこれがジェイドの村居なのだろうかと、奎斗はちらりと隣の男を窺った。

途端に目があってしまい、慌てて奎斗は顔を背けた。村居は奎斗を見ていたようだ。

「なっ、なん……ですかっ……？」

「そんなにビビんな。報復しようってんじゃねえからさ」

「え……？」

大きな目をさらに見開き、奎斗はまじまじと村居を見つめる。

だったらなにをしに来たのだろう。恨みを晴らすため、あるいはメンツを回復するためでないのなら、四年近くも探していた理由はなんなのか。

「やっぱ報復されんじゃねぇかって、ビビってたんだな」

「だ、だって……」

「別に恨んでねぇし、四年も前のいざこざ引きずるほどガキでもねぇし」

「いざこざっていうか……」

「だろ？　もともとの原因は俺らにあったんだ。つーか、チームの頭だった俺が元凶だな。自業自得ってやつだ」

村居はやけにさばさばしていた。本当に過去のことは気にしていないようだった。

再会したときに賀津とかなり険悪だったせいで、いまも彼は当時と同じく暴力的で粗野な人間だと思いこんでしまったが、どうやらそうではないらしい。賀津が村居に対してだけ攻撃的なまでの辛辣《しんらつ》さを見せるのと同様に、いまの村居も賀津にだけ当時と同じ粗暴さを見せるのかもしれない。あくまで推測ではあるが。

奎斗のなかにあった恐怖は少しずつ薄れていき、いつの間にか震えも止まっていた。普通、とまではいかないが、なんとか冷静に話が聞けそうだ。

それでもまだ緊張している奎斗の頭を、村居はくしゃりと大きな手でかきまわした。

「悪かったな」

「は……い？」

今日はいろいろな意味で脅かされてばかりだ。謝罪の言葉も、頭を撫でられたことも、相手が相手だけに意外すぎてどう反応したらいいものかわからない。

黙って見つめていると、村居はバツが悪そうに続けた。

「ガキだったんだよ、ようするに」

自嘲《じちょう》気味の村居に対して、奎斗がかける言葉はなかった。実際にそうなのだろうから気休めの否定などできないし、まさか同意するわけにもいかない。

(結構、ちゃんとした人かも……)

少なくとも現在の村居は落ち着いているし、そんなに怖くもない。抜き身の刀のようだった当時とは違うのだ。

だから思いきって、疑問をぶつけてみることにした。

「あの……いつ、キティが俺、って……」

「こないだ会ったとき。ま、女じゃねえってことは、昔からわかってたけどな」

「え……」

「見つからねぇわけだよ。米軍住宅のあたりとか、インターナショナルスクールまで探したけど、まさか地元の中学生とは思わなかったもんなぁ」

村居は悔しそうに、だが薄く笑いながら呟いた。手下には地元の高校、もちろん女子校まで探らせたというが、それは当然フェイクだったと嘯《うそぶ》く。

「な、なんで……」

「ん？」

「キティが男だって……知ってたのに」

「言うわけねぇだろ。なんでほかのやつらに情報をくれてやらなきゃならない？　キティを見つけだすのは俺だけでいい。だから黙ってた。よりによって、あの野郎が先に見つけちまってたけどな」

憎々《にくにく》しげに吐きだす様子は当時のままで、奎斗はまたびくっと怯えてしまう。自分に向けられてる感情ではなくてもやはり怖かった。

気がつくと、また村居にじっと見つめられていた。

「あいつと……賀津滉佑と、できてんのか」

「っ……」

予想もしなかった質問に、思わず息を呑んでしまった。それは肯定しているも同然の反応だった。できてるかと問われたら、身体の関係があるので肯定せざるをえない。質問がつきあっているのか、もしくは恋人なのか、だったならば否定できるのだが。

村居はチッと舌打ちをした。

「やっぱそうか。あの野郎……」

「え……？」

「なんでもねぇよ。はー……どこがいいんだ、あんなの。顔か？　性格悪いだろ。外面《そとづら》だけ異様にいいし」

「いや、あの……少し、意地悪なとこはありますけど、でも優しい……です、よ？」

顔色を窺いながら、それでも賀津を庇《かば》ってみる。意地悪というよりも、太智が言うようにややサディスティックな部分があるだけで、けっして性格は悪くないと思うからだ。

だが当然村居は納得していなかった。

「……今日、賀津は家にいんのか？」

「いる、と思いますけど……」

夕方には戻ると言っていたから、そろそろ帰宅したはずだ。朝方の会話を思いだしながら答えると、村居はガードレールから立ちあがった。

「行くぞ」

「ど……どこへっ？」

「賀津のマンション。おまえも一緒に住んでんだろ？　送る」

ぶっきらぼうだし、ここまで連れてきたのは村居なのだが、この場に置いて帰らないのは親切だと言えるだろう。少なくとも責任は取ってくれるのだ。

(もしかして、ちょっといい人かも……)

奎斗はヘルメットをかぶり、先ほどと同じようにタンデムシートにまたがろうとし、はっと顔を上げた。

「あ、あのっ」

「なんだ」

すでにエンジンをかけていた村居は振り返り、わざわざシールドを上げた。

「俺、買いものしなきゃいけないんですっ。だからマンションじゃなくて駅前のスーパーにしてくださいっ」

眼光鋭いはずの目が、驚きに丸くなった。そして次の瞬間には、ぷっと吹きだす音が聞こえた。

「おま……おまえ、ビビリなんだか大物なんだか、ほんとわかんねぇな」

げらげらと声を立てて笑い、村居は奎斗の手を軽く引き、シートにまたがらせた。

奎斗は戸惑うばかりだ。なにがそんなに受けたのかわからないし、腕をつかんだり引きよせたりする村居のしぐさが、思いのほか丁寧だったせいもある。

帰りは行きよりずっと気持ちが軽く、久しぶりのタンデムを楽しめるほどの余裕があった。

本来寄るはずだったスーパーまで送ってもらい、当然ここで別れるつもりだった奎斗は、村居がパーキングにバイクを止めたことに目を丸くした。

信じられないことに、村居はスーパーのなかにまでついてきたのだ。

（あ……そっか。賀津先輩に会う気なんだ）

だから在宅か否かを訊いてきたのだと、奎斗は納得した。しかしながら、村居が当然のように籠《かご》を持ったことで、またも啞然としてしまった。

「あ、あの、いいです。自分で持ちますっ」

「どう考えても俺のが力あんだろ」

「それはそうなんですけど、俺の買いものだしっ……」

新手の意地悪なんじゃないかと思うくらいに奎斗は困っていた。だがこれは親切なのだ。なんとなく奎斗を半泣きにさせる傾向が似ていると思う。もちろん賀津にだが、本人たちに言ったら顔をしかめて反論しそうだった。

スーパーの買いものでこんなに緊張したことはないというくらいに緊張し、それでもなんとか必要なものだけは買ってレジをすませた。

レジ袋に買ったものを詰めこむと、さっと横から手が伸びてきた。

村居はものも言わずに奎斗の手からレジ袋を奪うと、すたすたとスーパーを出ていく。

「え、あ、ちょっ……」

奎斗は慌てて追いかけた。相手は歩幅が広い上にかなり足が速い。重たい荷物なんて関係ないようだった。

くそう、とひそかに思った。この男も奎斗より十センチ以上も背が高く、脚だって憎たらしいほど長い。賀津とサイズはそう変わらないだろう。顔立ちは似ていないのに、身体つきはよく似ているようだ。そしてタイプは違えど、美形だということは共通していた。

そう、村居だってかなりの男前だ。ただ目つきが悪いのと、表情の作り方が怖いせいで、第一印象がそればかりになってしまうのだ。

(うわ……似合わない……)

レジ袋からはみ出した長ネギのなんと似合わないことか。平然と持っている村居の姿に、いたたまれなさを感じた。

マンションまでもやはりタンデムだった。奎斗は買ったものを抱え、申し訳ないと思いつつおとなしくしていた。自然と荷物を村居の背中に押しつけるような形になったが、彼はなにも言わなかった。

「お……重くないですか?」

「別に」

奎斗はエントランスのロックを解除し、村居を案内した。勝手に連れていったら叱られるかもしれないが、どうにも断れる雰囲気ではない。事前に電話で確認しようとも思わなかった。すれば断られるに決まっている。

それにこの異母兄弟はもう少し冷静な話しあいが必要な気がするのだ。仲を取り持つなんて大層なことはできないが、機会を設けるくらいは……と思う。

「ほら」

目の前に携帯電話を突きつけられ、奎斗は目を丸くした。そういえば電話を取り上げられていたのだった。

「あ……ありがとうございます」

「礼を言うことじゃねぇだろ。俺が取ったんだし」

それでもすんなり返してくれたことはありがたかったので、ぺこりと小さく頭を下げた。

部屋の前まで来て、奎斗はちらりと村居を見あげた。

「賀津先輩に、会います……よね？」

「いるならな」

「えっと、ちょっと待っててください」

勝手に村居を家へ上げるわけにはいかないから、玄関先で待っていてもらうことにする。ドアを開けたままにして、急いで家へ上がろうとして、村居に荷物を持たせたままだと思いだした。

「あ、それ、ありがとうございました」

「いや」

「助かりました」

ぺこりと頭を下げて荷物を受け取っていると、廊下とリビングを隔てるドアが開いた。声を聞きつけて、出てきたようだ。

振り返ると、かなり不穏な気配をまとった賀津がいた。取り巻く空気が冷たくて重い。視線は荷物の受け渡しをしている手もとに向けられており、表情はほとんどなかった。

一方の村居も、さっきまでとは打って変わり、物騒な雰囲気を漂わせている。睨《にら》み殺さんばかりの目はまっすぐ賀津に向けられていた。

二人のあいだで奎斗は硬直した。二度目だが、慣れるものではなかった。

また辛辣な言葉が行きかうかと思いきや、賀津はすっと視線を奎斗に移した。冷たさは和らいだが、重い空気はそのままだった。

「なにもされなかった？」

「は、はい」

「そう。早くこっちにおいで」

賀津は両手を広げてにっこりと笑う。心からの笑みでないことは確かだし、かなり怖いのだが、逆らうのはもっと怖い。いまとなっては村居よりも賀津のほうが怖いんじゃないかと思うほどだ。

顔を引きつらせて奎斗が歩きだそうとすると、レジ袋を持っていないほうの手を村居につかまれた。

とっさに声を上げなかった自分をほめてやりたかった。それくらい、一瞬で場の空気が凍ったのだ。

「勝手に触らないでもらおうか」

「あんたの許可がいるのかよ」

「その様子だと、探し人は見つかったみたいだね」

「ああ……ここにな」

つかまれた手が強く握られ、村居の視線も賀津から奎斗へ移った。鋭い視線ではあるが剣《けん》呑《のん》さはなく、真摯《しんし》さを強く感じた。

奎斗は動けないし、村居も放してくれるそぶりがない。そんななか、賀津の嘆息が聞こえた。

「触るなと言ってるのに」

静かに近づいてきた賀津は、奎斗の肩を抱いて自らの胸に引きよせ、冷たい視線を村居に向けた。

村居は鼻で笑い、ようやく奎斗の手を離した。

「ずいぶん独占欲が強いんだな」

「意外なことにね」

先日と同じように、村居の目の前で抱きしめられる。以前と違うのは奎斗が村居に背を向けていることだ。しっかりと頭を抱きこまれているから、賀津の顔も見ることができない。

じっとしているのは、動くなと賀津が無言で告げてくるからだった。

（やっぱ連れてきちゃだめだったんだ……）

さっきから雰囲気が怖くて身の置きどころがない。賀津が放してくれたら、すぐにでも謝って部屋に逃げこむのに、とてもそれはできそうもなかった。

それにしても会話がないのが不気味だ。前回とはこんなところも違っていた。

沈黙が落ちてどのくらいたったのか。背後で村居がふっと息をついたかと思うと、ドアを開く音が聞こえてきた。

「邪魔したな」

「ご苦労だったね」

相手を労るはずの言葉なのに、ちっともそうは聞こえなかった。親切な言葉よりもずっと寒い。体感温度は確実に下がっているだろう。

賀津の腕のなかでじっとしていた奎斗は、ドアが閉まって二人だけになってから、ようやく身体の力を抜いた。

「で、詳しい話を聞かせてもらおうかな」

「……はい」

奎斗は殊勝に頷き、先に食材を収めるところへ収めたあと、賀津が待つソファへ行って座った。

大学を出てからついさっきまでのことを、なるべく詳しく話していく。村居に何度も笑われたことや、買いものにつきあって荷物持ちまでしてくれたことも正直に言った。それが間違いだったと気づいたのは、それからほんの数分後のことだった。

「へぇ……タンデムね」

「た、たぶん……乗り方とかを見たかったんじゃないかと……」

いまにして思えば、そうとしか考えられない。わざわざバイクで移動するようなことでもなかったのだ。奎斗がタンデムに慣れているかどうかを確かめたかったに違いない。

「なるほど。それで結局、あれはなにが目的で奎斗に近づいたって？」

「あ……それは結局聞けませんでしたけど……確認、じゃないかなーと。俺がキティなのかどうかっていう……」

前回で気づいたと言っていたが、確認には至らなかったから、二人だけで会い、間近で観察し、言葉を交わしてみようと思ったのだろう。

賀津も納得したのか、異論を唱えることはなかった。ただし非常に居心地の悪い視線を、外すことなく奎斗に向け続けている。

わけもなく、びくびくしてしまう。いや、わけはあるのだ。奎斗は賀津の言いつけを破ったのだから。

小さく嘆息が聞こえ、ますます奎斗は小さくなった。

「俺が、村居には近づくな……と言ったのは覚えてるのかな？」

「は……はい。でもっ、あ、あっちから来たし……っ」

「ああ、それはわかってるよ。だけどね、奎斗。ついて行っちゃったのは、いただけないな。しかもバイクで。結果的になにもなかったからよかったけど、最悪のことが起きる可能性だってあったんだよ？　村居の気持ち一つだったんだ。仲間を引きつれてリンチされていたかもしれない」

「……はい」

「それだけじゃないよ。どこかへ連れこまれてレイプされてた可能性だって、充分に考えられるんだからね？」

「へ……？」

想像もしていなかったことを言われて頓狂《とんきょう》な声が出てしまう。

奎斗はぽかんと口を開けた。そんな行為が自分に関係してくるなんてとても信じられない。それどころか、そんな単語が会話に登場してくること自体が考えられないことだった。

賀津はさらにまた溜め息をついた。

「本当に自覚が足りない……」

「え、え……？」

「仲よくスーパーで買いものをするほど、村居に気を許しちゃうしね。隙がありすぎるよ、奎斗」

かすかに笑う賀津に薄ら寒いものを覚える。座ったまま上体を後ろへ引いたのは無意識の行動だった。

逃げ腰の奎斗を見て、賀津は笑みを深くした。

「悪い子には、お仕置きをしないとね」

「や……」

優しくて甘い声が、こんなに恐ろしく聞こえたことはなかった。

かつてこんなに拗《す》ねたことはないというほど、奎斗は盛大に拗ねていた。少なくとも幼児期を脱してからは、初めての経験だった。

自室のベッドで布団をかぶって出ていかない奎斗に、賀津は何度か声はかけたものの、無理に返事を求めたり布団を剝ぎ取ったりというまねはしなかった。彼なりに気を使っているのかもしれないし、奎斗のご機嫌を取っているのかもしれない。

朝——というよりも昼に起きてから、まだ賀津とは口をきいていない。初めて抱かれたときは羞恥のために潜っていたが、今日は違う。怒っているつもりはないが、なんとなく賀津とはしゃべってやるものかという気持ちだった。

昨夜は気絶するようにして眠り、起きたときには自室のベッドだった。起きてから口にしたものと言えば、ベッドサイドに置いてあったスポーツドリンクだけだ。賀津は食事をするように言っていたし、ペットボトルと一緒にサンドイッチを置いていったが、奎斗は口を付けなかった。

子供じみていると自分でも思う。思うが、感情がコントロールできないのだ。

(信じらんない……賀津先輩のバカ、スケベ、ヘンタイ……!)

心のなかでだけ、思いきり賀津を罵《ののし》った。さすがに本人に向かって言う勇気はなかった。

奎斗は賀津と恋愛をしているわけじゃない。セックスの経験だって浅いし、精神的にも肉体的にも、充分に慣れたとは言いがたい。

なのにそれを知っているはずの賀津は、お仕置きと称して奎斗をシャツやタオルで縛り、目隠しをして、声が枯れるまで泣かせたのだ。やっと身体の自由と視界を取り戻したかと思ったら、今度はバスルームに連れていかれ、鏡の前でいろいろとされた。何度もいかされ、肉体的にもきつかったが、なによりも精神的につらかった。

賀津に言わせると、あれでも充分に甘いのだそうだ。余計に信じられなかった。

最初の頃に感じていた尊敬だとか近づきがたさだとか、そういった相手が一段高いところにいるような感覚は、おかげですっかりなくなった。

(ただのエッチな人だよ。意外と子供っぽいし、意地悪だし、怖いし)

確かに奎斗はすぐに絆《ほだ》されてしまう。それは自覚しているし、かつての村居を考えれば、のこのこついていくのはあまりにも無防備だろう。実際、途中までは賀津の言うようにリンチされるかも……なんて考えていたのだ。

だからって、なんで昨夜みたいな目にあわされねばならないのだろう。言えばわかることなのに、身体で教えようなんて——。

(躾《しつけ》……はっ、調教？　なにそれ、俺って動物……ペット？)

なんだかしっくりきて泣きたくなった。だったらいい子にしているときに可愛がってくれるのも納得だ。恋人だとかセフレだとかいう関係より、ずっと納得できた。

じわりと涙が浮かんでくるのを必死に耐えていると、枕の下に引きこんだ携帯電話が振動

した。

理央だ。どうしたものかと迷ったが、思いきって通話ボタンを押した。心配をかけてしまうことよりも、不審がられてしまうかもしれないことよりも、いまは理央の声を聞いて安心したかった。

「……はい」

『え、ちょっ……なにそれ、どうしたの。なにかあった？　風邪？』

「うん……いろいろ」

なんとか声を振り絞《しぼ》り、奎斗は昨日のできごとをゆっくりと説明していく。向こうは夜だから、少しくらい時間がかかってもいいはずだった。おしおきのことまでは言わず、とりあえず村居が帰ったあとで、賀津に窘《たしな》められた……ということにしておいた。

『まぁ、それはもっともだね。ジェイドの頭だったやつに、目的もわからない状態でついてくなんて無謀すぎ』

「……うん」

『で、先輩に怒られてへこんでるの？』

「怒られたっていうか……いや、うん……やっぱ怒ってたんだろうなぁ……」

賀津を怒らせたのだと思ったら、また目が熱くなってきた。昨夜泣きすぎて腫《は》れぼったくなった目を、奎斗は手で擦《こす》った。

「呆れられちゃったかもしれない……」

『そんなことないと思うけど……なに、賀津ってやつに呆れられたら、困るの？』

「だって……」

当然じゃないかと言い返そうとして、奎斗は言葉に詰まった。どうして困るのか、それは見限られたくないからだ。賀津が奎斗に背を向けたり、声をかけてくれなくなったり、笑いかけてくれなくなったら、悲しくてたまらないだろう。昨日だってさんざん泣かされたけれども、その比じゃないくらいに泣くかもしれない。

黙りこんでいると、電話の向こうから溜め息が聞こえた。

『思ってたより……』

「え？」

『なんでもないよ、こっちの話。とにかく、村居って男には注意するんだよ。先輩のほうは心配ないと思うし』

「……うん」

いろいろと思うところがあるのか、理央は奥歯にものが挟まったような言いかたをした。いまは遠くにいるから彼ができることは限られていて、それがもどかしいらしい。近くにいれば、きっと言うことも変わってきただろうし、とっくに行動を起こしているだろう。

おやすみの挨拶を言ってから電話を切り、奎斗は大きな溜め息をついた。

（賀津先輩に謝っ……いや、でも……俺はもう反省したし謝ったし、あ……今日のことは謝ったほうがいいのかも……）

起きてからずっと無視していることには、さすがにそろそろ罪悪感が芽生え始めている。いまさらながらに、甘えているのを自覚した。

そばにいて居心地がいいはずだ。知らないあいだに、奎斗はこんなにも賀津に甘やかされていたのだ。

もう少ししたら、起きていこう。

ひそかに決意していると、ガンガンとノックの音が響いた。太智だとすぐにわかる叩き方だった。

「いいよ」

「ちわーっす」

五センチほどドアを開けて覗きこんだあと、太智は身体一つ分だけ隙間を作って部屋に入ってきた。そうして手つかずのサンドイッチを見て、わずかに口を尖《とが》らせた。

「せっかく俺が作ったのに……っていうか、作らされたのに」

「ご、ごめんっ」

誰が作ったのかまで深く考えていなかった奎斗は、慌てて飛び起きてサンドイッチを手に取った。食べやすいように小さく切られたそれはツナサンドだった。少しマヨネーズが多くてパンがしっとりしすぎているが、味はよかった。

「美味《おい》しい、です」

「よしよし」

太智は椅子を引っぱってきて、ベッドサイドに座った。そしてもの言いたげな顔で奎斗を見つめ、小さく溜め息をついた。

「大丈夫……なのか？」

「あ、うん。まぁ……」

「先輩は、拗ねてるだけって言ってたけど……そうなん？」

「うん」

自然と顔が赤くなる。あらためてそう言われてしまうと、子供じみた態度が恥ずかしくてたまらなくなった。

太智は「そうか」と呟いた。

「なら、いいんだけど、やっぱちょっと心配でさ。ほら、あの人ってSじゃん。いや、主に精神的な方向だけど。たぶん、奎斗の小動物的なとこがツボだったんじゃないかなぁ……ビクビクしてるとことか」

「お、俺ってビクビクしてる？」

「うん、してる。巣穴から外見て、ちょっと大きな音すると、ピュッと引っこんじゃうような感じ？」

「なんか……食物連鎖のかなり下のほうって感じがする……」

だが反論材料はなにもない。ピラミッド形の表に自分という人間を当てはめたら、間違いなく下層に位置するだろう。賀津や理央や村居が上のほうなのは確実だし、太智も奎斗よりは上だと思う。

そんなことを奎斗が考えているとは知らず、太智は続けた。

「可愛くて仕方ないみたいなんだよな。だから、その……奎斗が恥ずかしがることとか、泣きそうなこととか、積極的にしちゃうんだと思う。つーか、むしろ泣きが入ったら喜んじゃうんだよ。いろいろと見きわめとか線引きはうまい人だから、マジで精神的ダメージになるようなことはしないはずだけど……。あと、身体に傷つけたり痛いことはしないはず。そういうSじゃないみたいだから」

Sというのがサディストのことだというのは理解している。だがそれに種類があるようなことを言われても、よくわからなかった。

疑問が顔に出ていたのか、太智は言いにくそうに続けた。

「自分でそう言ってた。精神的には、恥ずかしがらせる方向で追いつめたいんだってさ。で、その……身体のほうは……」

「快楽で泣かせる方向でね」

ドアが開くと同時に声がし、太智は驚いて飛び上がった。奎斗もそれなりに驚いたが、太智は本当に椅子から腰が浮きあがらんばかりだったのだ。

「こ、こーちゃん……」

「ようやくお目覚めだね」

賀津はまっすぐに奎斗を見つめて近づいてくる。そしてベッドサイドに座ると、さらりと頬を撫でてきた。太智のことはいないものとして考えているようだった。

いたたまれなくなったのか、太智は逃げるように部屋を出ていった。

「ご機嫌は直ったのかな」

「……先輩こそ」

「うん？」

「昨日、怒ってたでしょ……？　だから、あんな……」

最後まで言う前に、賀津に抱きしめられた。

「あれは嫉妬だよ」

「え……？」

「村居と親しそうにしてるのを見て、いらついたんだ。あれも言ってただろう？　俺は独占欲が強いみたいだよ」

きつく抱きしめられた腕のなかで、奎斗は複雑な気分を味わっていた。自分たちが恋愛関係にあるのなら、いまの言葉は嬉しかったかもしれない。けれども奎斗は好きだなんて一度も言われていないのだ。

恋でなくても、自分のものだと思っていれば嫉妬くらいするだろう。独占欲だって持つかもしれない。

それでも、もし賀津の気持ちが、恋愛感情だとしたら――。

奎斗はぎゅっと目を閉じ、賀津の胸に顔を埋めた。髪を梳《す》いてくれる優しい指先に、なぜかひどく泣きたくなった。


結局のところ、土曜日は夕方から眠るまで、賀津にベタベタに甘やかされて過ごした。キッチンには立たなくていいと言われ、夕食は寿司を頼んで豪勢にすませ、片づけも洗濯も掃除もしなかった。代わりにやったのは太智だろうから、賀津だけが甘やかしてくれたわけではないのだが、賀津があれこれ気を使ってくれたことは確かだった。

今日だって朝からなにかと世話を焼いてくれる。太智は当てられるのがいやなのか、ゲームをするのだと言って部屋に籠《こ》もっていた。

残された奎斗は賀津に腰を抱かれたまま、並んでソファに座っていた。テレビはついているが、ほとんど頭に入ってこなかった。

休みの日にこんなに密着してだらだらしているなんて、同棲している恋人同士のようだと思う。奎斗は少し賀津に寄りかかっていて、賀津は奎斗の髪に鼻先がつくほどの近さだ。いつの間にか、これが奎斗にとって当たり前になっていた。

ちらりと時計を見ると、三時をまわっていた。夕食までまだ時間はあるが、手のこんだ料理をリクエストされた場合を考え、そろそろ動きだすことにした。

「先輩。今日の夜は、なに食べますか？」

「デリバリーでもいいんだよ」

「いえ、作ります。二日続けては、なんとなくいやだし」

家賃の代わりに家事を引き受けている身としては、デリバリーが続くのは申し訳なくて仕方ない。昨日はまったく家事をしていないし、今日だって賀津が朝からなに一つさせてくれないでいる。

「昨日はなにを作ろうと思ってたの？」

「牛肉があるから、カツレツかピカタにしようかな、って……」

「ああ、いいね。俺はどっちも好きだけど、太智はカツレツかな」

「ですよね」

思わず頷いた。なんでもよく食べる太智だが、揚げものや肉料理が出たときは目の輝きが違うのだ。

奎斗はそっと賀津から離れキッチンに立った。副菜も冷蔵庫のなかにあるもので充分に間にあいそうだ。だが一つだけ、足りないものがあった。

「あ……パン粉……」

残念なことに、パンも今朝食べてしまったから作ることもできない。衣に代用できそうなものを探してみるが、麩《ふ》も高野豆腐もクラッカーもない。そうめんでもあればと思ったが、それもなかった。

「ナッツっぽいもの……もないや……ゴマはちょっとなぁ……」

こんなことならばコーンフレークでも買いおきしていればよかったと思うが、ないものは仕方ない。ピカタに変更すればいいことだが、昨日から——いや、おそらくおとといから精神的に迷惑をかけている太智に、どうしてもカツレツを食べさせたい。

ぶつぶつ言いながら考えこんでいるあいだに、賀津の携帯電話が鳴った。どうやら無視できない相手のようだった。

奎斗は食費が入っている財布をつかみ、キッチンを出た。

「ちょっとパン粉買ってきますね」

電話中の賀津を気遣《きづか》って小声で言い、すぐさま玄関へ向かう。背後で賀津が焦った様子を見せていることは知らなかった。

玄関を出て、エレベーターの前へ行こうとすると、タイミングよく箱がこのフロアで止まった。ラッキーだと思ったのは一瞬だった。

開いた扉の向こうから現れた村居を見て、奎斗は目を見開いたまま固まった。

恐怖からではなく、あまりにも驚愕してしまったからだった。

そして村居のほうでも、まさか奎斗がここにいるとは思わなかったらしく、同様に目を瞠っていた。

立ち直りはもちろん村居のほうが早かった。

「よお」

「……あ、はい……どうも……」

ぎこちなく目礼し、奎斗はどうしたものかと目を泳がせた。

賀津からも理央からも、村居には警戒しろと言われている。奎斗の見解では、村居が危害を加えようとしているなんて思えないのだが、信頼する二人が言うことを一蹴することもできない。

とりあえず、戻ろう。二人きりで会わなければいいのだ。奎斗は珍しくも素早く結論を下し、ぺこりと頭を下げて踵《きびす》を返した。

だが戻ろうとしていた足は一歩も進まなかった。後ろから村居に腕をつかまれてしまったからだ。

「なっ……」

「待て。話がある」

引き戻され、正面から向かいあう形になっても、村居は腕を放さなかった。

真剣な表情だ。以前だったら睨まれているとしか思えず、ぶるぶると震えていただろうが、おとといの一件のせいか不思議ともう怖くなかった。

「滉佑のことだ」

「え、賀津先輩……？」

思わず呟くと、村居は目を眇《すが》めた。

「いつもそうやって呼んでるのか？」

質問の意図がわからないまま、それでも事実なので頷いた。すると村居は渋い顔をし、眉《み》間《けん》に皺《しわ》を刻んだ。

「なぁ、本当はどういう関係なんだ？　恋人ってわけじゃねぇんだろ？　けど、セックスはしてるよな？」

「な、なん……でっ……」

「だよな。キスマークも見えてるし」

大きな舌打ちが聞こえた。憎々しげな呟きと鋭い視線は、明らかに奎斗以外に向けられていた。

なんだって第三者にこんな指摘を受けねばならないのだろう。太智はまだいい。というよりも仕方ない。同居していて、いろいろと迷惑をかけているのだから。

だが村居にどうこう言われる理由はないはずだった。

「京野」

がしっと音がしそうなほど強く両肩をつかまれて、奎斗は竦みあがった。見すえてくる村居の目があまりにも真剣で、にわかに緊張感が高まった。

「逃がしてやろうか？」

「……は？」

「あの野郎、強引におまえをものにして束縛してんじゃねぇのか？　なんか事情があんなら、逃がしてやるぜ」

「え、ええ……っ？」

奎斗は唖然として村居を見あげた。

なにやら予想もしていなかった方向で盛り上がっている。確かに恋人ではないが、なにかに縛られているわけではない。最初のときとお仕置きの夜は無理やりのようなものだったが、それ以外は合意だ。前は鎖だと思っていた秘密も、公表の意思がないことは確認ずみだし、すでに村居の知るところとなった。

奎斗は自分の意思で賀津のそばにいる。いやならば自ら距離を取ればいいだけのことだ。

実家に戻りたくないとか、先立つものがないなんていうのは、賀津のそばに留《とど》まる本当の理由ではない。

奎斗は静かにかぶりを振った。

「違います。束縛なんて、されてない」

「賀津が好きだっていうのか？」

シンプルな言葉を突きつけられて、なぜか急にすとんとその言葉と気持ちが奎斗のなかに落ちてきた。以前太智に言われたときには、こんなふうではなかった。

（ああ……そっか……）

賀津に抱かれていやじゃなかったのも、好きだと言ってもらえないことが悲しいのも、つまりはそういうことだった。

少しずつ少しずつ、賀津への思いは育っていたらしい。

鈍い自分を笑いたくて、同じくらい泣きたくなる。賀津が本気だったらどうしようなんて思っていたのが馬鹿みたいだ。本気なのは自分のほうなのに。

茫然《ぼうぜん》と立ちつくす奎斗を、村居はふいに抱きよせた。

「泣くな」

「……泣いてない、です」

いまにも泣きそうな顔はしているかもしれないが、涙はこぼれていない。ただ少しだけ視界が白くぼやけているだけだ。

「泣きそうなんだよ。そんな顔させるなら、俺が連れてく」

「村居さん……？」

腕のなかで身じろぎ、なんとか顔を上げると、いままでになく近い距離で村居と視線がぶつかった。とっさに目だけ逸らしてしまった。

「京野」

「……はい」

「俺な、自分でもなんでキティを探してんのか、よくわかってなかったんだよ。恨みなんてねぇし、会ってどうしたいって考えてたわけでもねぇしな」

頭上から振ってくる声を、奎斗は黙って聞いていた。返事のしようがなかったし、相づちもうまく打てそうになかったからだ。

「けど、おまえに会ってはっきりした」

抱きしめる腕の力がきつくなったことに気づき、奎斗は困惑する。これでは抜け出すどころではなかった。

どうしようと思っている耳に、低い声が響いた。

「おまえに惚《ほ》れてたらしい」

「……え？」

「ノーマルなつもりなんだけどな。なんか、おまえなら男でもありか……って。キティと全然イメージ違ってたのも、それはそれで可愛いっつーか、たまんねぇっつーか」

やけに饒舌《じょうぜつ》な村居の言葉を、なかば茫然と聞いていた。

すると背後でドアが開く音がし、途端に空気がピシリと音を立てて張りつめた。間違いなく賀津だった。

「不法侵入者がいるね。珍しくうちの弁護士から電話が来たかと思ったら、おまえの話だったよ。来年、編入するって？」

「ああ。もっとマシな大学で、三年からやり直す」

「どういう風の吹きまわしなんだか」

「自分の立場ってやつを、ちょっとは回復させてみようと思ってさ」

「へぇ」

賀津はそれ以上深くは尋ねなかったし、皮肉も口にしなかった。ほんの少しだが、刺々《とげとげ》しい雰囲気も薄くなったような気がした。

玄関から出てきた賀津は、村居の腕から奎斗を引きはがして抱きしめた。何度この構図で話せば気がすむんだろう、と思ってしまった。

「拉致《らち》でもする気だったのか？」

「ちげーよ。無理やりてめぇにつきあわされてんなら、助けてやろうと……」

「ああ、まずは俺から引き離して、じっくり落とす戦法か？　意外と小賢《こざか》しいまねをするんだな」

「てめぇにとやかく言われたくねぇよ」

「否定はしない、か」

賀津はうっすらと笑った。

「いや……こいつ男だし、実際にどうこうする気はねぇよ。けど、一方的な感じがしたから、なんとかしてやりたいっつーか」

「詭弁《きべん》だね。きれいごとだ。俺から奪って自分のものにして、組み敷いて犯したい……って素直に言えばいいものを」

「犯すとか言うんじゃねぇよ。普通に抱きたいだけだ」

奎斗は賀津の腕のなかでびくっと震えた。生々しい言葉のやりとりに耳を塞《ふさ》ぎたくなったし、村居が認めたことも衝撃だった。

彼もそういう対象として奎斗を見ていたのだ。自分を抱きしめていた腕や間近にあった顔を思いだし、いやいやをするようにかぶりを振ってしまった。

賀津のようには受けいれられないことに、奎斗自身が驚いていた。

馴染《なじ》んだ指先が奎斗の髪を撫で、ひどく安堵した。やはりこの男だから、なにもかも許せたのだとわかった。

髪を撫でながら、賀津は村居に向けて静かに宣言した。

「奎斗は俺の恋人だ。渡す気はないよ」

「えっ」

声を上げた奎斗を、賀津は眉根を寄せて見つめた。なぜここで奎斗が意外そうに顔を上げたのかが理解できない、といった様子だった。

だが奎斗にしてみれば、その言葉こそが意外だったのだ。

「なにが、『えっ』なの？」

「だ、だって……こ、恋人……なんですか？」

「それ以外のなんだと思ってたのかな」

「う……あ、あの……研究対象、とか……ペット、みたいな……？」

「好きでもない子を何度も抱いたりしないよ。それにペットはいらない。動物だろうと人間だろうとね。奎斗は違うの？」

指先で頬を撫でられ、優しく尋ねられる。

もちろん奎斗だって、好きだから何度も抱かれた。自覚したのはついさっきだが、ほかの誰でも無理だったことは間違いない。

「お……俺も、好き……」

「知ってたよ」

ずるいことを呟いて笑い、賀津は奎斗を抱きしめた。

「やってらんねぇ」

盛大な溜め息が廊下に響いた。見せつけられる形となった村居は、苦虫を嚙みつぶしたような顔だった。

謝るのも変かと奎斗が口を噤んでいると、容赦なく賀津は言った。

「さっさと帰って、編入のために勉強することだね」

返事は鋭い舌打ちだった。

「またな、奎斗。今度、電話する」

どさくさに紛《まぎ》れて人を名前で呼んで、村居はエレベーターのボタンを押した。

「は？　電話……？」

「こないだ、ケーバンとアドレスもらったから」

どうやら携帯電話を取られたときに、勝手にやられてしまったらしい。啞然とし、奎斗は怒るのも忘れた。

「俺もマジだからな」

さらっとした口調ながら視線は熱くて、賀津はそんな村居から奎斗を隠すように抱きしめると、さっさと家のなかへ戻っていく。

背後でエレベーターの扉が開閉する音がした。

玄関に戻ると、ドアのところに太智が立っていた。わずかに隙間を開けて様子を窺ってい
たようだった。
「あー……えっと、出かけてくる」
気を使ったのか、なにかがいたたまれないのか、太智はバッグを取りに部屋へ戻ったあと、
すぐに出ていってしまった。帰りは明日だと言い残して。
リビングに落ち着いても、気持ちのほうはまだ落ち着かなかった。心臓の音が聞こえてき
そうだった。
肩を抱かれてソファに座り、賀津を見あげた。
まっすぐ賀津を見つめるのは少し照れくさかったが、それよりもいまは目を逸らしたくな
いという気持ちのほうが強い。
さらりと髪を撫でたあと、賀津は奎斗にキスをした。キスなど何度もしているのに、触れ
るだけのそれにどきどきした。
「いまのは恋人同士のキスだよ」
「う……うん」
そっと奎斗を抱きしめ、賀津は肩口に顔を埋《うず》めた。
言葉のない静かな時間が、妙にくすぐったくて愛おしく感じる。
いつの間にか指を絡めあうようにして手を繋いでいた。指先から伝わってくるぬくもりに、

奎斗は自然に笑みをこぼしていた。

指先に少し力をこめると、賀津は待っていたように口を開いた。

「言葉が足りなかったね。態度はかなりはっきりしてたつもりだったんだけど」

「……ごめんなさい」

「謝らなくていいから、約束して」

「約束？」

「もうほかのやつには簡単に触らせないこと」

「は、はい」

何度も頷いて、自分にも言い聞かせる。村居のことは嫌いじゃないが、あんなふうに思われているのならば、もっと身がまえなくてはと誓った。

「いい子だね」

耳もとで囁かれる声に、うっとりとした。

息が触れそうなほど近くで甘い声を聞いて、ひどく胸が騒ぎだした。胸だけじゃない。賀津によって目覚めさせられた官能が、深いところで疼きはじめていた。

抱かれたいと初めて思った。

「せ……先輩……」

「ん？」

「あの……えっと、こ……恋人になったから……その……」

いつも求められてきたから、どう言ったらいいのかわからない。賀津が欲しいのに、うまく求めることもできない。

どんな言葉もたまらなく恥ずかしく思えて、奎斗は黙って賀津にしがみついた。

かすかに笑う気配がする。なんだかやけに優しげな感じだった。

「俺が欲しい……？」

わかってくれたことが嬉しくて、大きくこくんと頷く。すると髪を撫でていた手が、やわらかく動いて頬から首、胸へと下りていった。

さっきよりも心臓の鼓動は速まっていた。

「じゃあ、しようか。恋人同士になって、初めてのセックスだね」

小さく頷いた途端に、身体を膝の上まで持ちあげられた。目線が賀津より上になり、少し不思議な気持ちになる。

見つめあったのも束《つか》の間《ま》で、すぐにキスする雰囲気になって目を閉じた。しっとりと重なった唇が深くなるのもまたすぐだった。

角度を変えて何度も結びあい、夢中になって舌をあわせた。

「あ、ん……」

キスは好きだ。ほかの誰ともこんな深いキスはしたことがないけれども、賀津とのキスだからこんなに気持ちよくて、大好きなのだと思っている。

唇や歯列のつけ根を舐められて、ぞくぞくと快感が這い上がってくる。

次第に頭のなかがぼやけて、賀津のことしか考えられなくなる。

互いの唇を求めたままの状態で、奎斗の身体はひょいと抱き上げられた。小柄とはいえ大学生になる男だというのに、賀津にとっては苦でもないようだ。

そのまま寝室へ連れていかれ、あっという間に服をすべて脱がされた。

身体中を愛撫され、とろとろに蕩けさせられて、奎斗は甘い声で鳴きながら快楽に全身を悶えさせた。

抱かれれば抱かれるだけ、感じやすくなっていく気がする。最初のうちはくすぐったいとしか思わなかったところも、いまでは奎斗の快感を生み出す場所になっている。そういうところがあちこちにあった。

口でしてもらって一度いかされて、それから後ろを執拗に舐められた。

膝が肩につくほど深く身体を折られて腰の下にピローを押しこまれると、なにもかもが賀津の前にさらされる。それだけでもう死ぬほど恥ずかしいのに、賀津はもっと恥ずかしいことを、嬉々《きき》としてやるのだ。

「つぁ、ん……や……あん」

恥ずかしい濡れた音が、耳を苛《さいな》んだ。

奎斗を快楽と羞恥で泣かせるのが好きらしい賀津は、特にこの行為がお気に入りだった。だからほぼ毎回のように奎斗はぐったりするほど喘がされてしまう。

たっぷりと時間をかけて解《ほぐ》したあと、今度は指でジェルを塗りこめられた。

愛撫の動きで奎斗を翻弄するのもいつものことだ。内側から弱いところばかりを責められて、泣きじゃくって悶えた記憶もまだ新しい。

指が動くたびに卑猥な音がして、奎斗の嬌声とまじりあっていく。

奥が疼いて仕方なかった。指を出し入れされると自然に腰が揺れ、自ら快楽を求める身体になってしまった。

「あっ、ぁん……そこ……」

「気持ちいい？」

「う、んっ……いい、気持ち……い……」

けれども指では満たされない。身体はよくても、心がもの足りないと叫んでいる。

賀津のものが欲しかった。身体を繋いで、ぎゅっと抱きしめて、一緒に上りつめていきたかった。

「も……いい、からぁ……」

「やめて欲しいの？」

「ちが……っ、あん、か……づ、先輩……の、欲し……」

こんなときだから、欲望のままに言ってしまえる。こんな奎斗を、賀津もまた望んでいるのだ。

満足そうに微笑んだ賀津は、それからすぐに指を抜き、奎斗の足を抱えながらゆっくりと身体を繋いでいった。

腰を進めるたびに歓喜の悲鳴が奎斗からこぼれる。やがてそれは、深い快楽を示す響きに変わっていった。

「あぁ……っ」

後ろを穿たれて、ひどく感じた。触れられていなくても、奎斗の前は高まりを示してふたたび形を変えていた。

両手で賀津にしがみつき、夢中で腰を振る。

気持ちがよくて、どうにかなってしまいそうだった。

怖いと思うことは数多くあるが、気持ちがよすぎて怖いと思うこともあるなんて、賀津とこういう関係になるまで知らなかった。

「いい、よ……奎斗。可愛い……」

「ひぁっ、ん」

声に耳朶《じだ》を愛撫され、ぞくぞくするような快感が走る。その上、指で乳首までいじられて、どうにかなってしまいそうだ。

指の腹で両方の乳首を潰《つぶ》すようにいじられ、たまらずシーツに爪を立てた。

「あっ、ぁ……！　だめ……やっ、も……だめ……っ」

激しくなかを抉《えぐ》られて、内腿の震えが止まらなくなる。限界がもうすぐそこまで来ているのがわかった。

いってしまう、と思ったときに、賀津はひときわ深く奎斗を突きあげた。

「あぁぁっ！」

奎斗はのけぞって甘い悲鳴を上げ、びくびくと痙攣《けいれん》するように全身を震わせる。頭のなかは真っ白だった。

それから間もなく、賀津の欲望の証《あか》しが奎斗のなかにそそがれた。

こんなことにすら幸せを感じた。この身体で賀津が感じ、いってくれたことが、ひどく嬉しかった。

「せんぱ、い……」

「滉佑、だよ」

「こ……すけ、さ……」

うっすらと目を開けるが、涙で滲んでよく見えない。

それでも初めて奎斗が名を口にしたことで、賀津が喜んでいるのはわかった。抱き返してくれる腕や気配でわかってしまうのだ。

「好き……滉佑さん、が……好き……」

どうしてもいま言いたくて、抱きついたまま耳もとで囁いた。

それがどれだけ賀津を喜ばせるかなんて、もちろん考えてもいなかった。まして繋がった身体で、ダイレクトに知ることになるなんて。

「え、あっ……」

自分のなかで、好きな男のものが大きくなるのがわかる。初めてのことではないから、意味はわかっていた。

「本当に、可愛い……」

甘い囁きに、陶然《とうぜん》と目を閉じる。

「っぁ……」

「好きだよ、奎斗……愛してる」

耳もとで囁いてくれた声に、奎斗は胸が締めつけられるような幸福感を味わった。

「今日はポークソテーだよ。太智のはどーんと厚さ二・五センチ！」

分厚く切ってもらった豚肉をカウンター越しに見せると、太智は戸惑いつつもどこか嬉しそうにしていた。奎斗たちのはそれの半分くらいなのだ。

肉の厚さは謝罪と感謝の気持ちだ。もちろん買う前に賀津には言っておいた。

「嬉しいけど……なんか、奎斗も幸せそうだよな」

「うん」

「あ、即答されちゃった」

太智はカウンターテーブルに突っ伏し、はぁと溜め息をついた。毎日朝から晩まで恋人たちのいちゃつきぶりを見せられ、運が悪いとラブシーンに当たってしまう彼は、少しばかり食傷気味で、なにかと脱力しがちなのだ。

「ごめん……」

「いや、いいけど。あれ以来、いろいろ優遇してもらってるし。賀津先輩も、ちょっと当たりが柔らかくなった気がするし」

太智の呟きを聞きながら奎斗はにんじんの面取りをした。肉の下ごしらえは直前にやるとして、付け合わせの温野菜とスープを作ってしまうことにしたのだ。

「奎斗がますます新妻化してる」

「そうだね」

「賀津先輩はますます甘いし……」

思わず奎斗は同意した。確実に甘くなったし、心配性になった。だがベッドでは相変わらず意地悪で、しかもさらにしつこくなった。後半はさすがに誰にも言わないが、他人に泣きつくほどのことではないので別にかまわない。

もう一つ変わったことと言えば、村居への態度が軟化したことだろうか。

どうやら賀津は、いつまでもだらしなく無為に過ごしている村居が嫌いだったようだ。だから相手の意識と姿勢が変わったことを知り、少しは認める気になったらしい。

晴れて奎斗たちが恋人同士になった翌日。余韻も冷めきった夕方くらいに、賀津は村居のことを持ちだした。以前から村居の気持ちには気づいていたそうだが、奎斗には伏せておきたかったので、近づくなとだけ言っていたそうだ。

てっきり奎斗が抱いていた認識について、溜め息の一つでもつかれるかと思ったのに、そこには触れてこなかった。すんだことだし、最初に好きだと言わなかったのが悪いと賀津は思っているようだ。

「あ、電話」

ポケットのなかで震える電話に気づき、奎斗は作業を中断した。液晶を見ると、そこには理央の名が表示されていた。向こうは早朝のはずだ。一体なにごとなのか、急いで奎斗は通話ボタンを押した。

「どうしたの？」

『うん、ちょっと完徹』

「そうなんだ」

『ところでさ、例の問題って片づいた？』

「え……あ、うん」

晴れて恋人同士になりました、とは言いづらく、なんとなく肯定だけしておいた。追及されたら調理中であることを理由に切ってしまおう、などと考えていると、意外なことに理央はあっさり話を変えた。

『そう。ならいいけど。でね、今日は一つ報告があって電話したんだ』

「報告？」

『そう。来月、帰国することになったから』

「……え？　は？」

『奎斗の大学でね、講師することになったんだ。だから、一緒に住もうね。おじさんにも言っておこうかなぁ。赤の他人より僕のほうが、おじさんだって安心だよね』

電話の向こうでにこにこ笑っているのが見えるようだった。

奎斗は電話を握りしめ、あたふたと目を泳がせる。確かに父親は昔から理央のことを買っていて、奎斗の兄代わりとして信頼してきた。きっとその信頼はいまでも厚いだろう。太智に食べさせるポークソテーくらいに。

『そういうことだから、また詳しい日程が決まったら電話するね。じゃ』

言うだけ言って理央は電話を切った。徹夜をしたせいか変なテンションだった。

（ど……どうしよう……）

理央が帰ってきてくれるのは嬉しい。嬉しいが、いきなりすぎて気持ちの整理がつかなかった。まして講師として戻ってくるという。

一体いつから準備を進めていたのだろうか。このあいだの電話でもまったくその気配を窺わせなかったのに。いや、決定するまであえて黙っていたのだろう。理央は昔からそういうところがあった。

春先までの奎斗だったら、諸手《もろて》を挙げて歓迎していた。家を出られて、大好きな理央と暮らせるなんて最高のはずだった。

だがいまは賀津がいるのだ。ここを出ていきたくはなかった。

（なんて言おう……あ、その前に恋人だって紹介しなきゃ……）

太智が心配そうな顔で見ているのも気づかず、奎斗は混乱していた。

彼を我に返らせたのは、書斎から出てきた賀津の姿だった。

「……どうしたの？」

賀津の顔を見て、声を聞いたら、少し落ち着いた。

そう、慌てることはない。理央は奎斗の意思を大事にしてくれるはずだし、親たちだって賀津の人となりは認めているのだ。

「たいしたことじゃないです」

「本当に？」

わざわざキッチンにまで入ってきた賀津は、奎斗の腰を引きよせて、覗きこむようにして顔を見た。

「幼なじみから、ちょっと報告があって、びっくりしただけなんです。あとで話しますね」

「わかった」

奎斗の様子を見て安心したのか、賀津は軽く唇を落としただけですぐに離れていった。

口にして言ったら、さらに冷静になれた。奎斗さえ揺るがなければ大丈夫な話だ。むしろすぐ会えるところに理央が帰ってくることを喜べばいい。

これからもここで、賀津の一番近くで暮らしていく。

そう心に決めて、奎斗は夕食の支度に戻っていった。

あとがき

こんにちは、あるいははじめまして、きたざわです。

担当さんに「受はチキンにします！」と宣言して、なんとか書き上げた一冊、いかがでしたでしょうか。

というわけで、秘密に怯えて過ごすビビリな受と、ビビッてるのを見て楽しむSな攻のお話です。いや、ホントに一言で表すとこんな感じです。

自分でもなんでこうなったのか不思議。過去あり秘密持ちの受を書こうと思ったのが最初で、その時点ではシリアスっぽいものを考えていたんですが、気がつけば受……奎斗が一人であわてふためく……というか、涙目で焦りまくるコメディに（笑）。

さて、登場人物たちがいるミステリ研ですが……都市伝説っておもしろいです。子供の頃、フジツボの話は信じてたなぁ。あまりにも気持ち悪くて。

母校にも七不思議らしきものはあったみたいなんですが、どうにもあやふやでした。誰も七つ言えないという（笑）。そこそこ歴史のある学校だったのに。唯一わたしが知っている話も、怖いとか不思議っていうより、むしろ愉快な話だし。

以前「魚が切り身の状態で海にいると思っている子供がいる」みたいな話を聞いたことがありますが、私の高校のときの同級生は、成績は学年でトップクラスだったくせに、「鮭には、甘塩の鮭や塩辛い鮭がいる」んだと思ってましたよ。

ある日真顔で「塩鮭って、どういうものだか知ってた？」と聞かれたときは、いきなりなに言いだすんだろうと思った。真実を知ったばかりで、ほかにも仲間がいないか探していたらしい（笑）。ほかにもなにか抜けたこと言ってたけど、忘れてしまったなぁ。塩鮭だけはインパクトがあったので覚えてるけど。

あと、私の子供の頃の最大の都市伝説といえば、あれですよ。口裂け女。かなり大きなブームというか、騒ぎでした。って、話が古すぎて一部の方はついてこられないような気がしてきた。

あれはかなり怖かったという覚えはありますね。まぁあくまで噂なので実害はなかったですけど……とずっと思っていたら、実害が出た人に大人になってから出会ったんですよ。昔の勤め先にいた人なんですが、ご両親どちらかの実家（田舎だったらしい）に行ったとき、暗い場所に貼ってあった口裂け女のポスターだか雑誌の切り抜きだかを見て、恐怖からひきつけを起こし、そのまま病院へ。自家中毒を起こしたと言ってましたよ。

うん、都市伝説もバカにならんです。映画とかドラマとかも、一部の子供にとっては要注意ですよ。うかつにジョーズを見たおかげで、怖くて海に入れなくなった……という子供ができあがるかもしれません。→実話（笑）。

いや、大学生のときに克服しましたよ。というか、八丈島の海があまりにも透明だったので（あそこは砂浜じゃないから）、なんとかなったんですけども。とはいえ、やはりいままでも海より山が好き。海の幸は大好きだけども！

ほとんど本の内容には関係ない話をつらつらと書いているうちに、なんとかページは埋まりそうです。

今回、素敵なイラストを描いてくださいました神田猫先生！　ご迷惑をおかけいたしまして大変申しわけありませんでした。そしてありがとうございました。超可愛い奎斗にニヤニヤが止まりません。そしてSっぽい賀津にも～。太智と村居も素敵に描いてくださって嬉しいです！　本として手元に届くのを楽しみにしております。

最後に。ここまでお付き合いくださいましてありがとうございました。次回もまた、お手にとっていただけると、飛び上がって喜びます。そしてまた捻挫するかも（笑）。

きたざわ尋子

✦初出　秘密より強引……………書き下ろし

きたざわ尋子先生、神田猫先生へのお便り、本作品に関するご意見、ご感想などは
〒151-0051 東京都渋谷区千駄ヶ谷 4-9-7
幻冬舎コミックス　ルチル文庫「秘密より強引」係まで。

幻冬舎ルチル文庫
秘密より強引

2011年10月20日　第1刷発行

✦著者　きたざわ尋子　きたざわ じんこ
✦発行人　伊藤嘉彦
✦発行元　株式会社 幻冬舎コミックス
〒151-0051 東京都渋谷区千駄ヶ谷 4-9-7
電話 03(5411)6432[編集]
✦発売元　株式会社 幻冬舎
〒151-0051 東京都渋谷区千駄ヶ谷 4-9-7
電話 03(5411)6222[営業]
振替 00120-8-767643
✦印刷・製本所　中央精版印刷株式会社
✦検印廃止

ISBN978-4-344-82348-8　C0193　Printed in Japan

「幻冬舎ルチル文庫」
大好評発売中

発行●幻冬舎コミックス　発売●幻冬舎

「幻冬舎ルチル文庫」

大好評発売中

「あまやかな夜の罪」

きたざわ尋子

イラスト 佐々成美

600円（本体価格571円）

秘密を共有する相手でもある歳上の恋人・匡一郎——そんな彼との生活に慣れてきたある日、高校生の智雪は写真部の校外撮影会に参加することに。そこで以前のクラスメイトに出くわし、過去を暴露されてしまう。周囲の反応を不安がるのを匡一郎は優しく抱いて慰めるが、そのとき智雪は、ある違和感を覚えて……？　書き下ろしも収録し、待望の文庫化!!

発行●幻冬舎コミックス　発売●幻冬舎

「幻冬舎ルチル文庫」
大好評発売中

発行●幻冬舎コミックス　発売●幻冬舎